主编 凌翔

不要跟我讨论
是否幸福

何百源 著

民主与建设出版社
·北京·

© 民主与建设出版社，2021

图书在版编目 (CIP) 数据

不要跟我讨论是否幸福 / 何百源著 . —北京：民主与建设出版社，2021.7
　ISBN 978-7-5139-3603-3

　Ⅰ. ①不… Ⅱ. ①何… Ⅲ. ①散文集－中国－当代 Ⅳ. ① I267

中国版本图书馆 CIP 数据核字（2021）第 118048 号

不要跟我讨论是否幸福
BUYAO GEN WO TAOLUN SHIFOU XINGFU

著　　者	何百源
责任编辑	周佩芳
封面设计	张瑞玲
出版发行	民主与建设出版社有限责任公司
电　　话	（010）59417747　59419778
社　　址	北京市海淀区西三环中路 10 号望海楼 E 座 7 层
邮　　编	100142
印　　刷	三河市金元印装有限公司
版　　次	2021 年 8 月第 1 版
印　　次	2021 年 8 月第 1 次印刷
开　　本	710 毫米 ×1000 毫米　1/16
印　　张	14.5
字　　数	220 千字
书　　号	ISBN 978-7-5139-3603-3
定　　价	69.80 元

注：如有印、装质量问题，请与出版社联系。

序　读者的喜爱比获什么奖都重要

何百源

经历了一段时间的纠结和反复取舍，拙著《不要跟我讨论是否幸福》终于编辑完成。

我曾经在一篇文章中说："作品是写给别人看的，没有人看，就什么作用也不起，因此在写作过程中，除了内容的考量，我非常注重写得有趣、好看，这样才能吸引读者。每当有读者与我交流读后感，无论是肯定抑或是批评，我内心都充满了快乐，我将来自读者的信息反馈看得比获什么奖都重要。"

本书共分4辑："人在旅途心在征途""人生处处皆风景""谁不说俺家乡好""林海无涯自多情"。从在省级报刊发表第一篇作品算起，不知不觉已过了60个春秋。这几十年间，不断地写，先后获得过几十次奖项。如果将所有获奖作品汇集起来，已够一本书的分量（好朋友曾建议我出这样一本书），但我感觉那样做意义不大，只要将有代表性的做一个回顾，已然足够。

这个集子里的篇什有些什么特点呢？

其一，集子里多数作品都曾在各级报刊发表，所写内容基本上是真实的，它的最大价值也许就在于此。

其二，探索性。作者提出一些具有争议性的话题。而作者的观点其实已隐藏在字里行间。如《不要跟我讨论是否幸福》《一位诗人的忏悔》《唱歌是很痛苦的吗？》

其三，传奇性。如《记得住60多个电话号码，记不住年龄》就具有一定的传奇色彩。这个素材是笔者2017年新春期间，跟随同乡好友去广西梧州龙圩区探望他姑婆时，不经意间发现的，文章曾在江西《家庭百事通》杂志发表过。

其四，乡土性。每个人都有自己的故乡，读着这些篇什，不同地方出生的人都会触发一种乡情和乡愁。

其五，对工作二十年之久的云南林区生活的怀想。这方面的文章过去已写过许多，这里的6篇作品，都是过去没有收进过书里的，如《最是寂寞男人心》首发于《中国绿色时报》2010年8月11日副刊头条，编者持地配发了大篇幅的评论文章《男人需要解读》，给予很高评价，将这篇文章与美国一部电影《宿醉》相提并论。

如果笔者的这本小册子能带给亲爱的读者一点阅读的快感，或激起一点心灵的涟漪，则是笔者莫大的荣幸了！

是为序。

目　录

第一辑　人在旅途心在征途

不要跟我讨论是否幸福　002
我在西沙"将军林"　005
福在眼前　007
高空讨生活的人　010
爱你50年　013
一次"歌词约稿"引出的真实故事　016
500年旧县城怀古　020
为了写作他独居深山　024
神州第一天坑　027
有村名"芳洞"　033
养锦鲤人说　036

"快乐素"的细节　040
曲终人不散　043
一位诗人的忏悔　046
最让人伤感的一句话　048
错过了一站路　051
从伤口流出的不仅是血　054
掌声的谋杀　057
天涯不再遥远　061

夜半的鼎湖山　065
唱歌是很痛苦的吗？　067

第二辑　人生处处皆风景

记得住60多个电话号码，记不住年龄　072
从"0"起步的追梦人　077
老农的60大典　082
你知道我在等你吗？　085
负重者的4600级阶梯　088
楼道美人和烧饼西施　090
两则有关自尊的小故事　093

把第三张脸"修炼"得漂漂亮亮　097
爱上中国　100
长错地方的树　103
遍插茱萸少二人　106
草坡晒钱与防弹车运钞　110
有人问起我　113
古戏台　116
朋友有三种　120
作家的名在作品里　122
聆听智者　124
在医院门口　127
从"最新"二字联想到　130

20年后还是这个号码　133
"女人的衣橱永远少一件衣裳"　136
没有理由不快乐　139
小月的婚事　141

第三辑　谁不说俺家乡好

古码头边笔树情　146
白衣天使你好吗？　151
一张照片见证里水交通变化　155
日暮乡关郁水滨　158
我考第三十几，父亲欣慰地笑了　162
在别人看不到快乐的地方快乐着　165
我从哪里来？　168
爱文学的人心中都有一位恩师　174
榕树，不凋的乡愁　177
后台看戏　180
佛山秋色中的仿真艺术　182
文昌沙的回忆　185
清明时节念亲恩　188
乡音　191
不忍拒绝的礼物　193
水鬼之河　197
火船斗快　201
"删掉500字！"　204

第四辑 林海无涯自多情

- 最是寂寞男人心　208
- 18岁，我选择了无人报考的专业　211
- 我的书信情结　213
- 我们是否还会相见　217
- 在林区遭遇巨蚁袭击　220
- 我们曾婉拒廉价的虫草　222

第一辑　人在旅途心在征途

不要跟我讨论是否幸福

我到过的许多旅游景点，都有轿夫为游客服务。

比如庐山、张家界、南岳衡山、广西龙脊梯田……盖因这些地方山高坡陡、路途遥远，作为游客，或因体力不支，或因不惯爬山涉岭吃不了那苦，于是请轿夫抬着代步。

轿夫用的轿子，其实并非真正的轿子，是用两条长竹杠绑在一张靠椅上，其中一些还加一个简易的凉棚遮阳。西南地区称这种装置为"滑竿"，广东地区称为"兜"。

我在见到现实生活中的"滑竿"之前，是在电影中见到这种抬人工具的。依稀记得那是一支旧军队在转移途中，一名长官模样的人，让两名士兵抬着走，其间不断有军人跑步来向长官报告什么。对于这个镜头，我并不怎么惊讶，因为当时这队人马是行走在平原上，况且旧军队本身就是等级森严。

我第一次见到真的滑竿是在庐山。庐山的三叠泉景区，是我到过的所有旅游景点中高差最大的（当然，登泰山、南岳衡山等，高差肯定比这还大。不过，在我去的时候，都已实行空中缆车代步了。而三叠泉依然靠步行）。从山上下到三叠泉谷底，到底有几百或几千级石阶？不得而知，据说无人数得过来。它不但高差大，并且非常陡峭，于是，就催生了"抬轿"这个行业。

不瞒您说，我虽是爬山匠出身，但我在一下一上三叠泉之中，也感到甚为吃不消，并且感到了腿发软。

一个人空着手在此上山，尚且累成这样，那么不难想象，两个人抬着一个大活人，加上滑竿本身的重量，该是一种怎么样的体力付出？就我所见，下三叠泉时雇滑竿的不多，而从谷底上山时雇滑竿的就比较多。

在谷底，有同游的同伴对我说，腿关节实在受不了，我们雇滑竿上山吧？

我说，钱的开支不是问题，问题是我不忍心让人在这么陡峭的阶梯上抬着走，我有一种残忍和罪恶感。

同伴大不以为然，说，你这是书生意气。没有人坐滑竿，他们没生意，挣不到钱养家糊口，这才是残忍。于是他雇了一顶滑竿，让人摇摇晃晃地抬着上去了。

关于这事的人道或残忍，我想这世上是没人能说得清的吧？这事我思考了十多年，终于感到当年同伴的道理要比我长一点。只不过，至今无论在哪个旅游景点，我始终没有坐过滑竿。

前些时候，我读到20世纪最具影响力之一的英国思想家罗素写的《中国人的性格》。罗素在文中讲了1924年夏天他在中国四川上峨眉山时遇到的一件事。

那天，罗素和陪同他的几个人坐着那种两人抬的竹轿上峨眉山。山路非常陡峭险峻，几名轿夫累得大汗淋漓。到了山腰一个小平台，陪同的人让轿夫停下来休息。罗素下了竹轿，认真地观察轿夫的表情。他看到轿夫们坐成行，拿出烟斗，又说又笑，讲着很开心的事情，丝毫没有怪怨天气和坐轿人的意思，也丝毫没有对自己命运感到悲苦的意思……最后罗素得出了这样的结论：坐轿子的人未必是幸福的，抬轿子的人未必不是幸福的。

我反复咀嚼这段文字，心中不觉打了一个结。

我想，以坐轿者的目光和心态去观察抬轿者的是否幸福，这本身就带有"饱汉不知饿汉饥"的成分。

再者，陷入了"非白即黑"的怪圈，即要就是幸福要就是不幸。我想，在这世界上，有为数不少的人（包括我）是既无所谓幸福、也无所谓不幸的；或者，在这件事上是幸运的，而在另一些事情上是不幸的。

我曾同张家界的轿夫交谈。他的内心世界大抵是这样的：人活在世上，总得干活挣钱维持生计。谁不想干自在一点、挣钱又多的活呢？但既然自己没那本事、没那机遇，也就只好听凭命运的安排。他还向我诉说，不是谁都可以加入轿夫这个行当的，首先得交一笔"培训费"，每月还得交管理费。假如我问他，你觉得自己幸福吗？我不知他会怎样回答。

我想起我曾经长期工作的那地方的人们常说的一句话："苦着脸也是过一天，开开心心也是过一天。我们何不开开心心过好每一天呢？"

不讨论是否幸福，而以上述的心态去过好每一天，去看待每一件事，我想这是最明智的人生态度。

我在西沙"将军林"

那是海南省三沙市成立前的事了。

夏日的一天下午5点钟,我们从海南省三亚市榆林军港搭乘补给舰出发,经过15个小时的航程,于翌日上午8时许就抵达西沙群岛的永兴岛。这是一个只有2.1平方公里的海岛,海南省西沙群岛、南沙群岛、中沙群岛办事处就设在这里。

西沙自唐朝起,就是我国神圣领土不可分割的一部分,现在还保留着古代关于国土主权的碑刻、陶瓷等。我们逐一参观了日本人留下的炮楼、国民政府立的收复纪念碑和人民政府设立的南海诸岛纪念碑。

给予我印象最深的还是岛上的西沙"将军林"。

永兴岛土质以珊瑚沙、磷质石灰土为主,一般的树木是难以在这里扎根生长的。据介绍,原先这里的植被以麻疯桐、羊角树为主,中间也有椰子树。

1982年1月,时任中国人民解放军总参谋长杨得志上将视察西沙守岛部队时,为勉励官兵扎根海岛、建功西沙,亲手在永兴岛种下一棵椰子树。此后，每位来西沙视察、看望守岛部队的党和国家领导人，军委、总部首长，部队军以上、地方省部级以上领导干部，都在这里亲手栽种椰子树。天长日久，椰林日益壮大，就形成了今日的西沙"将军林"。多年来，西沙"将军林"历经恶劣的自然环境和无数次狂风骤雨的洗礼，百折不挠，茁壮成长，毅然挺立在祖国的南海前哨。

每一株椰子树都挂有说明牌，记载着栽树者的姓名和栽树时间。我看到江泽民于1993年4月19日手植的树，乔石、李鹏分别于1994年6月18日和2002年2月14日手植的树，都高大挺拔、昂扬向上。

人们习惯将海南三亚称为天涯海角。其实，"海角尚非尖，天涯更有天"。在"天涯海角"以南，还有广大的海域，分布着中国南海四大群岛，而永兴岛只不过是西沙群岛中具有代表性的岛屿，距海南岛南端330公里。真正的天涯海角应该是南海诸岛。

傍晚的西沙，"火烧云"烧红了远远近近的洋面，斜照椰林，被摇曳的椰叶梳理成无数耀眼的金线。在"将军林"旁，我遇到两位外出散步的战士。他们告诉我，每当思念家乡、想念亲人的时候，他们就会来到"将军林"旁，感受各级领导对西沙宝岛和守岛官兵的深情厚爱，倾听椰树叶子在风中的绵绵絮语，这样，"一水隔天涯"的念想就会得到缓释。

我想，世上可供留作纪念的事物实在是太多，但最可宝贵的还是留下一片绿荫。她是一种会生长的情愫，她更是一种精神的象征。

西沙"将军林"的诞生，带动了西沙群岛"植树造林，美化宝岛"整体绿化工程的实施，使座座宝岛成为绿色明珠。这里有数万只白腹鲣鸟、白鹭、燕鸥等鸟类在林中繁衍栖息，林下草绿花红，遍地鸟蛋。

当晚霞用最后的余晖点亮宝岛北京路的路灯，就像茫茫大海升起了几颗疏星。起风了，椰风带着大海的气息，驱赶着岛上积聚的暑气。

我依恋地站在椰林旁，想：爱一个地方，最好的方式莫过于留下一片绿荫。

福在眼前

那次游览苏州狮子园时，发生了一件有趣的事：该园管理处一位解说员向我们讲解该园设计的精妙，他指着一座建筑物的山墙问我们：大家都看见了什么？

大家抬头望了一阵，都不明所以。

解说员说：福在眼前呀！

大家恍然大悟，是墙上一组浮雕的寓意：那组浮雕由蝙蝠和铜钱组成。蝙蝠取其"福"音，而铜钱是有钱眼的，这岂不就是"福在眼前"了吗？大家不由得会心地笑了，赞美建筑师和园主人造物的奇巧。

我想起我的一位朋友汪君。他只有中专文化，没有太多专业技能，但他很幸运，进了一家国有事业单位，旱涝保收没有风险，并混了个"副股"，大小是个领导。他讨了个贤淑的妻子小玉，收入比他还高，并且将家庭孩子收拾得整整有条。但时间长了，汪君开始对妻子"没感觉"，总感到"老婆是人家的靓"，自己的妻子一不漂亮二不会打扮，左看右看不顺眼，对妻子常常横挑鼻子竖挑眼，越来越冷淡。

一次，汪君去到浙江普陀寺游览，遇到一高僧，汪君抓紧时机向高僧求教："我的幸福在哪里？"

高僧注视了他一会，喃喃自语："福在眼前。善哉善哉。"说罢闭目不再言语。

汪君觉得高僧说得太玄乎。但见高僧已闭目养神，不便再打扰。

日子就如同嚼蜡般日复一日。汪君认为，再不来一次婚姻变革，一辈子的幸福转眼就会化为泡影。

导致他下最后决心的，是他下属一位叫环的姑娘。这姑娘来自北方，清纯可爱、白璧无瑕。汪君屡次有意无意地用暧昧的言辞挑逗她，她也没表现出反感。汪君认定她对自己也有好感。于是回家对妻子小玉"摊牌"。

小玉深明大义，不哭不闹，说，既然我们在一起不能使你幸福，那么我成全你，祝你幸福。遂办妥离婚手续带着孩子走了。

回复了单身的汪君，放胆向环求爱了。

很快，他收到环的短信回复："朱股长：一直以来你的所作所为，我都看在眼里。只因你是我的领导，我不好得罪你。请你将心意收回。退一万步说，即使我一辈子嫁不出去，也不会将就一个抛妻弃子的人。"原来，环已联系好了跳槽单位，并向原单位递交了辞职信。

环的短信像一贴猛药，使汪君一下子清醒了一半。

往后的日子，汪君慢慢对高僧的话似懂非懂了。

我钦佩苏州狮子园当初那位设计师的杰作，他总提醒人们：福在眼前。

幸福是无法量化的。它只是一种感觉。

记得艾青早期在出访里约热内卢时，写过一首诗《一个黑人姑娘在歌唱》：

在那楼梯的边上，/ 有一个黑人姑娘，/ 她长得十分美丽，/ 一边走一边歌唱……/

　　她心里有什么欢乐？/ 她唱的可是情歌？/ 她抱着一个婴儿，/ 唱的是催眠的歌。/

　　这不是她的儿子，/ 也不是她的弟弟；/ 这是她的小主人，/ 她给人看管孩子：/

　　一个是那样黑，/ 黑得像紫檀木；/ 一个是那样白，/ 白得像棉絮；/

　　一个多么舒服，/ 却在不住地哭；/ 一个多么可怜，/ 却要唱欢乐的歌。//

　　这首诗之所以令我历久不忘，在于它深刻的比喻。孩子是无知的，诗人不会责备孩子。诗人只是透过生活的表象，揭示生活的哲理。

　　生活中，还有一些事令我难忘。北京一位高龄老人患了癌症，晚期了，疼得锥心裂骨。他却说，其实，痛是一种幸福，"既然我还知道疼，说明我的生命依然存在"。

　　广州一位大学教授对幸福的理解也很简单。他说：幸福是什么？幸福是吃得下饭，睡得着觉，牢里没有亲人，床上没有病人。

　　于是我想，幸福就是那位黑人姑娘；幸福就是当我们睁开眼睛，看到亲人依然在身边。

高空讨生活的人

  2015年1月3日，我们一群志同道合的文友结伴去广东四会市奇石河景区旅游。

  这个景区位于该市威整镇，与清远市、广宁县交界，全景区总面积约8平方公里。

  对于务林人出身的我来说，各种自然景观见识多了。奇石河景区的最大看点，我认为有两个。其一是布满各种奇石的河，其二是落差百丈垂直飞泻的银龙大瀑布。

  除了饱览自然风光，我们还观看了高空飞车艺术表演。

  在相距几百米的两座山头之间，架起了一条距地面一百多米的钢索。从事高空飞车表演的演员，在完全没有安全保护措施的情况下，在钢索上凌空飞车。车有两种，一种是摩托，另一种是单车。车在钢索上一时疾速驰行一时倒退，最令观众为之捏一把汗的，是演员还要在驰行的车上做各种高难杂技表演，而摩托竟还在钢索上"掉头"。每到惊险处，地面观众都报以阵阵掌声。

无论是摩托或单车，下面都吊挂着一个近于三角形的钢架，钢架上都有一名女演员在上面做各种高难度的体操动作，衣袂飘飘，仿佛一位仙女乘风飘忽。

举凡这种表演，牵拉钢索处必定是位于两山之间的峡谷上方。由于"谷风"效应，气流必定猛烈，对表演者的安全威胁很大。演员的高难技巧与动作，莫说是在高空，即使是在平地，也是有相当难度和危险的。当时的高度，相当于30多层楼房的楼顶，说句不该说的话，倘若万一失手，其结局是不堪设想的。

当时我心中产生了一种冲动，很想当面一见这些演员，聆听他们谈一谈自己特殊的职业。没想到这个愿望竟意外地实现了。

看罢表演、观赏完银龙大瀑布，我们决定取道休闲养生木栈道下山。走到栈道高处，见一景观凉亭，旁边就是高空钢索的起点。刚刚结束表演的一对男女演员尚未更衣，就在凉亭里休息。于是，我和同伴立即上前同他们攀谈。

原来，他们是一对夫妻，也是表演上的搭档。我问男的叫什么名字？他说："我叫张笑龙，我师傅叫冯九山，是多项世界吉尼斯纪录的创造者。"冯九山师傅当时并不在场。

这个细节令我感动。我只是问他叫什么名字？他却着重介绍自己的师傅，并以师傅为荣，大有"没师傅的培育就没我今天"之谓。

张笑龙告诉我，他们这个表演小分队共10人，隶属于河南高空飞车艺术团。整个艺术团有多个分队，分别在祖国四面八方旅游景区表演。他们小分队同四会市奇石河景区签约一年时间，每天上下午定时各表演一场。他说，他从12岁入行学习这门技艺，刻苦训练三年之后，才可以登场表演，至今已度过28个年头。他自嘲地笑了一下说："再演两三年，我就得退下来了，因为身体已经开始发福。"

我说："你们在高空表演，有没有安全防护措施？"

张笑龙笑着摇了摇头，意思是你们看清楚了的。事实上，假如加一条安全带，反而妨碍了表演，甚至会绊倒表演者。

我说："我想问一个很私人的问题，如果可以，您就告诉我，您每月拿多少报酬？"

张笑龙显得十分坦然，说："我每天拿100元。"然后，他又补充道，"即使遇到恶劣天气不能表演，老板也照样发工资的，即是说，每月固定拿3000元。"说这话时，我发现他显得非常满足，并且对老板有一种感恩。回想他刚才在说两三年后就要退下来时的遗憾表情，是因为带有"到时就享受不到这个高薪了"的意思。

在张笑龙和我交谈的过程中，他的妻子始终微笑着、安静地在一旁倾听，没有插话。我刚看见他们时，他们就是相依相傍坐在一起的。他们在生活中是伴侣，职业上是搭档，表演完了，也还是偎依在一起，可见感情上之恩爱。

我拿出一张纸一支笔，请这对夫妻签名留念。张笑龙的举动再一次让我感动，他先写下师傅冯九山的名字，然后在下方写上自己和妻子的名字："张笑龙、李亚静。"

我由衷地赞美道："你们是一群了不起的人，不但身怀绝技，并且胆色过人，很值得我们敬畏。"

张笑龙笑笑说："哪里哪里，我们只不过是高空讨生活的人罢了。"

爱你 50 年

前些日子，去了一趟浙江桐乡县乌镇，那里是著名文学家茅盾的故里。

乌镇给予我最深的印象，不仅是典型的江南水乡小镇，而且是一个保留完整的民俗博物馆。

在"百床馆"里，我看到一张三进深的雕镂精美的大床，那上面雕刻着 106 个人物，加上床主人夫妇，就是 108，是一个吉祥数字。床的第一进深处，挂着一块木牌子，上面雕刻着"爱你 50 年"。

这句话使我感到费解，于是问导游。

导游说，这张床制作于清代。当时人的平均寿命只有 40 多岁，"人生 70 古来稀"，是说当时的人很少能活到 70 岁的。男大当婚，结婚时 20 岁左右，终其一生爱对方，顶多也就是 50 年！

我不禁哑然失笑。笑过之后一想，当时的人挺实在的，说话许愿一点不夸张。

联想到前些年一首唱得挺火的流行歌曲，说是"爱你一万年"！谁都明白,这是文学创作的夸张手法。不要说一万年,就是100年也不大可能。不过,作为文学的夸张手法是允许的,就好像说"燕山飞雪大如席"。没有人会去质疑它的夸张与不实。

不过,将"爱你50年"和"爱你一万年"摆在那里,我想,前者传达出的信息和情感更真实一些,尽管从文风上看,它稍嫌平实。

在这世上,不是越夸张越好的,得看场合。有一则寓言是这样说的:在一条街上,有几家美发店。其中一家的牌子上写着"国际超级美容美发店",另一家写着"亚洲顶级美容美发店",而第三家却写着"本街最好的美发店"。人们反复比较,选择了第三家,原因是觉得它实在、可信。

经历过1958年"大跃进"的人都记忆犹新,那时种"高产卫星田",提的产量从亩产万斤到10万斤、30万斤……,而当今水稻高产量之父袁隆平,积数十年的科学实验,通过杂交、改良、优选……他提出的目标是:通过超级杂交攻关,达到亩产900公斤。

朴实的文风,有时更具感染力。邓小平的女儿毛毛着手写《我的父亲邓小平》传记时,曾问父亲:"长征的时候你都干了些什么工作?"邓小平回答三个字:"跟着走。"当孩子们问起他在太行山时期都做了些什么事?邓小平只回答了两个字:"吃苦。"在评价刘邓大军的辉煌战史的时候,邓小平也只用了两个字:"合格。"(引自《邓小平的语言魅力》)

我想,举凡形成文字的东西,大抵应该分为抒情文和应用文。抒情文(包括诗歌)应该合理地夸张,否则就会失之平实缺乏文采;而应用文则应尽量讲求实事求是、朴实无华;这时候,"真诚可信"才是最有力量,最感人的。

古代有一个农夫,将同样多的银子交给两个儿子,让他们到集上买东西,看谁能花最少的钱买到体积最大的东西。大儿子用银子买柴禾,结果只装了屋子的一角。小儿子用银子买了火石,他用火石取火,点亮油灯，结果光亮充满整间屋子。

　　与柴禾相比，一块火石体积很小很小，但它却是智慧的结晶。后人赞美说："石在，火是不会熄灭的。"

一次"歌词约稿"引出的真实故事

2015年10月底的一天晚上,我在云南工作时过从甚密的一位文友毛诗奇给我打来电话,说目前他参与主编由云南省音乐文学学会主办的一本《七彩词花》期刊,约请我为该刊写几首歌词。

我沉默了两秒钟后,不无遗憾地告诉他,我从来没写过歌词,且对写歌词一点兴趣都没有。

他没有就此罢休,依然一个劲地鼓动我写。大概他从电话那头听出我并无兴趣,于是他说,你知道一首好歌能有多大威力吗?你听我讲一个故事吧。于是向我娓娓道来——

梁上泉这个人你是知道的(注:梁上泉,作家,诗人,生于1931年6月,四川达州人,一级作家。早期为部队创作员,到地方后,曾任四川省及重庆市作家协会副主席,中国音乐文学学会、诗歌学会理事,重庆音乐文学学会会长)。梁上泉一次奇特的经历,就很能说明一首歌的影响有多大。

话说有一年,梁上泉在北京参加完一个会议,乘火车去广州。按级别,他搭乘的是软卧车厢,同一软卧车厢里还有另一位旅客,是位将军。将军把身着的军帽和军服外衣脱了,挂在衣帽钩上,然后端坐在沙发软座上。

旅途漫漫,将军主动同梁上泉搭讪,问梁您是干什么工作的?梁照实讲了,自己从事文学创作已有数十年的生涯。将军很随意地问,既是作家,能举出一些代表作吗?

梁上泉是出版过十几本书的著名作家,于是他列举出了一些书名。看样子,这位将军都无甚印象,谈话似乎就要告一段落了。

这时,车厢的音响喇叭里正好在播放歌曲《小白杨》。

梁上泉不假思索地说:"这首《小白杨》的歌词也是我写的。"

没想到,将军听了这句话,眉毛一扬,立即站起来,认认真真地穿上他的将军服,俨然将要接受检阅那么认真,在这只有两个人的狭小空间里,在梁上泉跟前"啪"的一声立正,认认真真地敬了一个标准的军礼,说:"我以一个军人的身份,感谢您为部队创作了一首非常有影响的好歌!"

说起来,《小白杨》这首歌有一段故事。

1983年,诗人梁上泉到新疆、内蒙古采风。在巴尔鲁克山无名高地塔斯堤哨所采风时,得知一位锡伯族士兵母亲送儿子白杨树苗以励志的故事,产生了创作灵感,遂在几十分钟内写出了这首歌词,著名作曲家士心谱写了这首歌曲,1984年在中国中央电视台春节联欢晚会上,歌唱家阎维文献唱了这首歌,从而广泛流传开来。后塔斯堤哨所改名为小白杨哨所。2011年为纪念中国共产党成立90周年,新疆吉昌回族自治州阜康市拍摄电影《小白杨》,以本歌曲及其背后故事为主题展开。毛诗奇兴奋地讲到这里,静候我的回应。

毛诗奇原是云南公安文联副主席、《云南警察文学》杂志主编、作家、诗人,在他担任主编期间,约请我写过一些公安题材的小说并且都发表了。他这人性格豪爽,说话不拐弯。说完了梁上泉的故事,他说,一个人一生若能写出一首打得响的好歌,其影响力或许甚至比出几本书还要大呵!我看以你目前的潜力,写几首歌词根本不是问题。

话说到这份上,我也不好再说什么,答应试试看。

在后来的一个双休日里,我除了应对其他事务,摸索着试写了三首歌词——《烛光为妈妈点燃》《云南桥韵》《友谊是一坛窖藏的酒》,随即在网上发过去。毛诗奇第一时间看了,发来电邮说:"早就说你行的啦!果然不错,准备排在最新一期上,估计会有音乐家选中谱曲。"

从这一件事,使我想起另一件与歌曲有关的事。

几年前的一个星期天,在非"黄金时段",我在收看中央电视台节目时看到一个叫"名歌地图"的节目,该节目介绍了从国内革命战争年代直至新时期我国产生的唱响大江南北、脍炙人口的歌曲,总的数量大体只有几十首。每介绍一首,都在中华人民共和国地图上标注一个鲜亮的红点(歌曲诞生地),然后是打出词、曲作者的肖像,再就是作者的个人简介和艺术成就。在我的印象中,即使是某个地方诞生了科学家,或将军,甚至国家领导人,都没有这么隆重推介的。可见一首名歌在国计民生中的地位是多么的显赫。

由于没有考虑到事后写文章时会提到这件事,因此看电视时我没有做一个详细记录,只依稀记得其中一些歌名,如《歌唱祖国》《我的祖国》《解放区的天》《在太行山上》《八月桂花遍地香》《太阳出来喜洋洋》《中国人民志愿军战歌》《我们的田野》《我们走在大路上》《爱我中华》《十五的月亮》《血染的风采》《春天的故事》等。

我想,在我国广袤的大地上,每时每刻都会有许多歌曲诞生,而经得起时代考验,受到广大人民群众喜爱并众口相传的,却是少之又少,这就好比大浪淘沙。对于其他文艺作品来说,道理何尝不是一样的?

事情过去几个月了,在忙忙碌碌的日子里,"歌词约稿"这件事已经几乎淡忘了。2016年仲夏的一个晚上,毛诗奇从昆明给我打来电话,告诉我,三首歌词已谱曲,并且已录了音。然后他说:"你稍等。"

过了不多一会,手机里传来了用我的歌词谱成歌曲的婉转动听的音韵,时而像月华般细瘦,时而像春潮般倾泻……掀起我对离开我已14年的含辛茹苦养育我长大成人的母亲无尽的哀思,鼓动起我对第二故乡云南、对那里亲如手足的兄弟姐妹揪心的牵挂……不知什么时候,我感觉泪水已将衣襟濡湿一片……

这就是音乐的力量吗?

当亲情、友情、乡情得以升华,它能掀开我的良知的闸门,软化我们或许已硬化的情感的血管,使软弱者变得坚强!

500年旧县城怀古

初秋的一天，我们一行20位文学作者前往广东西北部粤桂湘三省区交界处的连山壮族瑶族自治县旅游采风。此行是因为文友虞小平是连山人，在她盛情邀约并积极组织下得以成行。

连山地处五岭南麓，南北长而东西窄，形似一个竖起的哑铃。县内群山环抱，海拔千米以上高山有44座，山地占全县总面积近90%，车行在劈山而建的公路上，举目四顾，山连着山，很难得见到一块山间小盆地。地广人稀也是这里特点之一。全县面积1110.9平方公里，只有11万零900人，而约有3万人集中在新县城不足2平方公里区域。因此，其他广大地区每平方公里只有区区几十人，与珠江三角洲人口密集区形成鲜明的反差。

连山山美水美人更美，短短两天时间，实难饱览美景于万一。听虞小平说，连山有一个古堡，历史上曾是历经500年的旧县城，至今古迹犹存。这引起我们极大兴趣，立即停车，一行人浩浩荡荡直奔"旧县"而去。

此旧县城原名太保圩,如今名为"旧城村",位于县境东北部群山环抱中的太保镇内一座名叫"象山小水平"的小山上。行至山脚,赫见路旁立有近一人高的碑石,上刻凿"文武官员至此下马"。由此推断,历史上这里因山路崎岖,即使上面来的文武官员,也只能骑马(而无车辆之便),使人感到了古代作为"县治"的威严。

沿着缓坡路上行不足 50 米,就是旧县治的一座城门楼,至今保存完好,使人怀想到古时候,身披盔甲的士兵威风凛凛地执戟把守的情景。县城选择一座山头,也与易守难攻直接有关。

此行的"导游"规格绝对不低,一位是县人大教科文卫委员会副主任胡世链,另一位是太保镇委委员、武装部长陈冬明,两人都是虞小平的同乡好友,由此使我们对当地情况了解得更多,更具权威性。

旧城是连山县历史上第三个县治地,从 1462 年至 1945 年,历经 483 年而不变。城墙和城门建于明代成化四年(1468 年),当时城墙将整座县城团团围住,只有东西南北四个城门可供进出,把守非常严密。历经几百年之后,东门、南门和北门已毁,只西门得以完整保留。该城楼在清乾隆年间因洪水冲毁而重修,但仍保持明代风格。城门楼为砖木结构,坐东向西,硬山顶,龙船脊,人字封火山墙,通高 8.4 米,宽 5.1 米,面长 10.1 米。城门铺有石条,原有门板两扇,厚 9 厘米,非常坚固。于 1990 年被定为县级文物保护单位。

我们一行穿过城门洞进入旧城。旧时的石板路,现今已换成了水泥路。由于城内不通行任何机动车辆,连单车也没见一辆,因此小孩子坐在街道中间戏耍而不存在安全问题。城内居民非常热情,主动凑上来同我们搭话,并且有问必答,一种淳朴的民风扑面而来。

据历史记载,明朝末年,崇祯皇帝横行无道,终致爆发了李自成领导的农民起义。后起义失败,与李自成有关的李富四携眷,带领仆人何如红到此避祸;一个多月后,李朝芳、李世芳等人为避株连,先后也来此定居，成为此地李姓的祖先，至今已繁衍至第 17 代。

笔者向居民打听，现今城里的居民，可是都姓李？他们说，不是的，先后有其他姓氏的人到此定居，更有些妇女是其他地方嫁进来的，形成"杂姓"，汉、瑶、壮族同胞和谐相处，现在城里有居民 580 多人，以劳务输出及种植林木、水稻为主要经济来源。

我们一行人从西城门一直行至原东城门所在旧址，估计不足 100 米距离，南北向也差不多是这样，因此可知，当年全县城的范围不足 1 公顷，是一个非常"袖珍"的县治地。

遥想当年，这么小的范围，可能只有县衙、审案公堂、官家宅邸、庙宇之类，是一座非常幽静的小城。但事实并非如笔者所想。

据历史记载，到了清朝顺治年间，县治人口逐渐增多，成为当地农副产品的集散地。顺治末年，诗人张世谦曾写诗描绘当时县治（太保圩）的情景：

贸迁囤野市，嘈杂万山中。
老少肩糜集，民瑶担荷通。

即是说，置身万山之中的太保圩，由于买卖交易繁盛，显得非常嘈杂，男女老少摩肩接踵纷至沓来，各族人等有挑担的、有肩扛的，熙来攘往一派繁忙。

康熙二十八年（1689 年），知县刘允元为当时的连山八景"茅铺寒烟"作诗，也写到太保：

百堞孤城万仞巅，青葱四面翠浮烟。
滔滔涧水声难歇，霭霭山岚影易旋。
太保圩开廛市集，观音钟竖往来便。

临流远眺峰峦迥，茅铺人家近郭前。

　　诗中描绘了孤城位于万山环抱的一座山头，人民城郭炊烟袅袅，四面景色宜人，一派宜居宜商的景象。

　　镇武装部部长陈冬明向笔者一行讲了一个有趣的历史故事。他说，连山由于地势峻拔，山水向四周分流。历史经验证明，县治一定要选在水向东流的地方，而千万不能选在水往北流的地方。有一个地方叫大龙山，就是水往北流的，那地方只出贼不出秀才，成为远近闻名的土匪窝，陈济棠时代，还与广西将领联手进山剿匪。太保圩水往东流，因此人民安居乐业、安享太平。

　　1945年后，县治迁往吉田镇。解放后，由于经济发展，原来的太保圩（旧县城）因孤立山头，束缚了经济发展，因此镇的范围向西部延展，形成今天的太保镇，旧城不再是全县政治、经济、文化中心，演变成今天的"旧城村"。

　　如今，旧城村里建起了许多居民楼，其中一些还是挺气派的，形成密集的居民点，几百年前的屋宇已难觅旧踪，只保留了一间有200多年历史的老屋，从门面设计来看，历史上它应该是一座临街的商铺。

　　在寸土寸金的村中心，有一块面积过百平方米的废墟丢荒着。一位30来岁的年轻妇女告诉笔者，那里原先是观音庙的所在。她说她嫁到这里时，庙已不复存在，至于何年倒塌则不得而知。她说虽然现今宅基地非常稀缺，但人们始终不敢在庙宇原址上建屋，怕冲撞了神灵。她还特意走到遗址旁，指着一块石头说，这些都是当年庙的基石，无人敢动。

　　世事沧桑，历史流变。这里的一木一石，仿佛都能述说一段历史、一个故事。当年的县衙在哪？审案的公堂在哪？都无迹可寻了。侧耳聆听，仿佛还能听到当年文武官员在城门外下马之后，牵马进城时"嗒嗒"的马蹄声碎。

为了写作他独居深山

我的一位多年前的文友刘绍良,为了写作独自住进了深山,切断与外界的联系,白天开山种果,夜晚在小油灯下写作,取得了惊人的成就。由此使我联想到《瓦尔登湖》。

《瓦尔登湖》是世界上广有影响的一本书。为了写这本书,美国著名作家梭罗在瓦尔登湖畔建造了一间小木屋,开荒种地,春种秋收,自给自足,过着远离尘嚣的生活。每天,他与湖水、森林和飞鸟对话,在林中观察动物和植物,在湖边钓鱼……晚上在小木屋中记下自己的观察与思考,写成了《瓦尔登湖》。

刘绍良与梭罗不同的是,梭罗在湖边仅仅生活了两年,而刘绍良独居深山十多年。

这是一个完全真实的故事,我希望与一切认识的和不认识的朋友分享。

2013年5月,中外散文诗研讨会在云南大理召开,佛山的散文诗人宋庆发、周铁株、李剑魂等出席了。会议期间有一位大理当地的作者刘绍良找到佛山去的人，问他们是否认识何百源？并请他捎给我一本非虚构散文集《山地的事》，和一本记叙当地少数民族风情的叙事散文集《与鸟共翔》（两书均于 2011 年由云南民族出版社出版）。

刘绍良是什么人呢？

20 世纪 70 年代末 80 年代初，刘绍良和我都是大理地区的业余文学作者，由于年龄层次不同，我起步较早而他起步较晚，彼此交集算不上密切。后来我调回家乡广东工作，由于各自为生计奔波劳碌，加上那时候通信手段不像现时这么先进，因此慢慢地也就中断了联系。

得到这两本书后，我在电话中与刘绍良有过一次详谈。这次详谈，使我甚为吃惊。

刘绍良的经历，本身就是一座生活的富矿。

他年轻时当过修理工，后参军，当兵 4 年复员回到地方，在派出所当过民警，在大型国企担任过宣传干事、编过企业报，脱产完成了中文大专学历。后来就下海，自购货车经营运输业务，承包过国有大型餐厅，承包矿山开采锑矿，开办过旅行社……在适婚年龄与下关第一人民医院一位年轻女医生结为伉俪，有着美满的爱情生活。

是什么原因使他离开城市安稳富足的生活，回到故乡巍山县耕山种果、培植绿化树和搞饲养呢？"我出生在群山怀抱的巍山古老的小城里。我很想提一盏灯火，去照亮存在于山地上的许许多多美好的故事。家乡多山，现在还有很多罕有人迹的美丽山地，而我就在这样的山地上生活了十个年头。""夜晚，我提着一盏爷爷年轻时赶马用的老灯，站在山地上看山下，首先看到的是乡村稀疏的灯火，再接着是城市璀璨的大片大片的灯光。"

为了追溯他耕山的故事，我在不到一个月的空余时间里，通读了这本书里的 47 篇文章。并且在往后的日子，又不断翻动这本书。他承包了 800 亩荒山种果、500 亩山地养羊养鸡。平常，他就一个人住在山上的简易房里，白天挥汗劳作，夜间挑灯夜读，只在造林季节和收获季节雇请短工。"晌午的狗吠在提醒我，孤独并不可怕。阳光从瓦片缝隙漏进，门前一片寂静。我起身，企图去捕捉那藏在阳光后的一切。夜晚，在屋里一张狭小的书桌上，改变了白天劳作的姿势，我以笔触的挪动，涂抹着日渐脱尘的心灵。"

据刘绍良说，他的创作，曾经中断了20年。什么原因，他没有说。是山地生活，触动了他的情怀。"岁月生性吝啬地将一堆质朴的语言从泥土的裂缝中传递到我的手上。与无足轻重的过客不同，对于这块山地，我已经不再有任何的不满。""应该承认，我的感觉非常美好。"早些时候，他已开始了第3本书的写作。

此刻，我用三个丰收来形容我对刘绍良的感觉，这就是耕山种果、饲养业的丰收，文学创作的丰收，感情生活的丰收。这些年来，他温柔贤淑的妻子完全理解和支持他的人生选择，他们的儿子已长大，学业有成，投身社会。

我没有问起他有否加入某一级作家协会。我认为即使他不曾加入任一级协会，他也已经是实至名归的作家（尽管他并不需要这样一顶桂冠）。

每一次翻阅《山地的事》，我都会有一种新的感触。我感觉，写作就应该像刘绍良那样，当有了真知灼见，当有强烈的真情实感逼着自己通过笔触去抒发，才写。

这是他的书能一而再再而三地打动我的原因。

神州第一天坑

过去我曾有过长期的森林勘察生活经历，见到过一些天坑。从天坑的顶部看下去，天坑呈巨大的不规则井形，深不可测，里面生长着繁茂高大的原始森林。

那么，天坑是怎样形成的？天坑里有人居住吗？全国到底有多少个天坑？

在深入到位于贵州省兴义市清水河镇联丰村的雨补鲁天坑进行一番实地考察之后，这一系列问题终于得到了破解。

雨补鲁天坑位于兴义市北部山区，汽车从市区出发，走了不到一个钟头就到了。汽车停在村口一个停车场，看来每天都有不少人慕名来参观考察。

那是2018年8月中旬的一天下午，阳光异常地猛烈，虽说这里平均海拔在1200米以上，但其"热烈"的程度一点不逊色于我家乡广东佛山。

很久以前，山东科技大学地质工程学院教授周鼎武在对这里进行详细的考察后指出，目前中国已发现的天坑总数已达到100个之多，在世界上位居前列，而雨补鲁天坑称得上是天坑之首！

除天坑入口处为平地，其余四周均是环形山峰耸峙，平均高差为600多米，天坑底部形成一个面积约为2公顷的盆地，加上周围的缓坡地，形成一个喇叭形地貌。

村口巧遇姐妹花

在村口左侧，有一个遮阳篷，遮阳篷下有一对姐妹在卖自家生产的农产品：核桃、石榴果、李子、花生等，我立即趋前与她们聊天。

经询问，姐姐叫杨荣美，22岁，是贵州工商职业学院大专班在读学生；妹妹叫杨荣颂，20岁，是兴义中学中职班在读学生。两姐妹都是暑假回家，帮家里销售自家生产的农副产品。

听导游说，这里居住的都是布依族人。我问两姐妹，你们是布依族吗？她俩异口同声答：不是的，我们都是汉族，全村原住民都是汉族，如果有少数民族，都是从天坑外嫁进来的。

这时走过来一位中年男子，姐妹俩告诉我，这是她们的父亲。我立即舍两姐妹改而与她们的父亲交谈。

这位父亲名叫杨取金，44岁，虽会说普通话，但带着浓重当地方言口音，有点难懂。他先告诉我，两个女儿之上，还有他的一个大儿子，叫杨荣富，24岁，正在部队当兵。言及这里的居民，他说总共有126户，600多口人，其中有一半左右姓陈，是大姓。由此并引出了当年"开村"的故事。

听杨取金讲开村的故事

话说古时候,有一位姓陈的将军(据说是陈汉皇陈友谅的后人)战败,一路逃亡至此天坑,见这里荆棘密布、蚊虫肆虐,是个不适合人类生存的地方。但反过来考虑,这里地处偏远,远离战乱,地形隐蔽,正适合藏匿。为了族人的安全,便决定在此定居。

陈氏族人的先民,首先将漫山遍野的莽丛和荆棘灌木清除,为了生存,还必须有房舍,拿什么做建筑材料呢?

这一带均属喀斯特地区,四周的山都是石山,他们找到容易开采的部位,开山采石,铺筑道路,架设围墙,用满山都是的茅草盖顶,于是有了居所。直到现在,我们放眼四望,都还是石的世界:石铺的路,石砌的围墙,石筑的排水沟……只不过房顶大多已改造成钢筋水泥构筑,或者是瓦片。

天坑的底部,是200多亩农用可耕地,其土壤是千百年来,四周山地基岩裸露区风化、淋滤、剥蚀而成的,雨水的冲刷,使之沉积到天坑底部,而形成了可耕地。但我见到坑底的土地现今处于荒芜状态,便问为何至于这样?

据说,近二三十年,村里的青壮劳力大多外出打工。比起在村里耕种,打工挣的钱要多得多,于是土地逐渐丢荒了。村里为了发展旅游业,曾大面积种植薰衣草或其他连片花卉,但也因缺乏管理,只好任其荒芜。也有村民利用这些土地栽种花生、玉米、生姜等农作物,或栽种核桃、石榴等果树。

去留随意,留守有留守的好

杨取金是个非常热情的村民,他才步入中年。我问他为什么不出外打工？他乐观地笑笑，打工有打工的好，他留在村里也挺安逸，他坚信只要勤劳同样能致富。他热情地邀我参观他的家。他家有自建房舍，是在靠山一侧沿山坡两层台地上建成的瓦舍，显得整洁宽敞。除了卧房，还分别有客厅、厨房，客厅里有沙发、电视机等现代化的家用电器设备。他有酿酒的作坊，称为杨家小灶酒，还可以根据客人的需要现烧现卖，不过可能由于携带不易，看来并无多少人买他的酒。他又带我去看他圈养的菜牛，他说原先养了10头，已卖出4头，现在我看见的只有6头。

他还特地带我参观供奉先人的神位，他指着一个中等大的相框里一张彩色照片说，这是他父亲的遗像。我见他父亲是穿着西装、打着领带的，感到有点意外，他笑着对我说，这是照相馆的特色服务，西装、领带都是照相馆提供的，甚至为老人穿戴好。

我还见到他家门口附近停着一辆带挂斗的农用三轮车，非常新，这一切都显出他这位新型农民的富足。尤其是他的一子二女，可以说是他的骄傲。

深入村中看稀奇

参观完他的家宅，他带我沿着村道一路朝前走。村道两旁都是房舍，其中有的经营起小卖店，不过我并没看见有人进内购物。铺面倒是坐着一些正在闲聊的村民。村民见杨取金领着一个陌生人，都友好地问他："当上导游了吗？"

走到村子的另一头，只见一棵几人才能合抱的大树凌空傲立，形成一个天然的绿荫，绿荫下有许多村民在摆卖自家产的农副产品，吸引许多游客购买，仿佛这里是一个自发形成的小型集市。杨取金告诉我，这是一棵上千年的黄斛树，别的树都是一年发一次新叶的，而这棵树一年发两次。

在"小集市"附近的草坡地上，建有一座非常奇特的草房：草盖的屋顶，四周围墙也是草的材质，占地不大，但整体很高，呈一个"II"形。据介绍，这是为艺人陈小春带着儿子来这里拍摄《爸爸去哪儿》而建造的，如今已人去屋空，成为许多游客看稀奇的一个景点。

在村中，我还看见一些民俗村史展馆，还有一些民宿。我问杨取金，这些民宿有客人入住吗？他说有的。比如中央美术学院就选择了这里作为创作基地，那些师生就住在民宿里，民宿外表简朴，设备倒是非常现代化的。

人在"雨补鲁"因何能生存？

本文开头说过，我曾经有较长岁月从事勘察工作，见过一些天坑，总的印象是，要不就是呈原始林状态，即乔灌木密集混交，难以插足；或者是底部储满了水，深不可测。至于有人居住的，雨补鲁天坑是绝无仅有。

既要适于人居，必须具备两个条件，其一是有水源，其二是泄洪道。和其他天坑一样，这个天坑地形地势也都呈锅底形，四周围的山坡地都成为天然集水面，如果没有泄洪道，那么这个天坑也必然会储满积水，无法住人。奇就奇在既不缺水，也不会发生水患。

杨取金看出我的疑惑，将我带到一个上山石阶的入口处，告诉我，沿石阶向上攀爬几百米，就有一个出水口，一股山泉水一年四季长流不息流向寨子，成为全村人生活和灌溉用水。这股泉水一直流向天坑底部，而在那里有一个"地眼"，这个地眼成为落水洞，水从这里入洞，汇入一条地下暗河。这个得天独厚的天然条件，使雨补鲁天坑旱天不缺水，连续暴雨天也不会发生洪涝灾害。

人们常说，所谓世外桃源，只存在于传说之中，现实生活中很难找到。而我在雨补鲁寨子里所见应该就是世外桃源的复原版。那里的每一位居民，都显得悠闲而自得，时间在这里仿佛也放慢了脚步，让人有一种"只记花开不记年"的感觉。

有村名"芳洞"

2016年春节前夕，我们一行10余名文友去到佛山最西头的自然村——高明区更合镇官山村芳洞村民小组（简称芳洞村）。此行往高里说是学习走基层，往实里说是给大脑"充电"。

去芳洞村的缘起，是一位老家在官山村的文友说，芳洞村位居僻远，原有几十户人家，现只剩下不到10户，且基本上是老弱妇孺，几成荒村。

远远望去，只见群山中一小撮孤村，阒无人迹，似乎在印证文友的"荒村"之说。

我们见到的第一个人，是一位拄着竹杖在村道上踽踽独行的老人，我们立即跟上去同他打招呼。也许老人感到突兀，问清楚我们从哪里来，是干什么的？才同我们搭话。老人叫黄太全，85岁，精神健旺，穿一件颇为崭新的土黄色带帽子的夹克外套，给我的第一个印象是温暖而整洁。

我们提出要到黄大伯家去看看，他显得很无所谓地带我们前往。

我们脚下的路是一条可以通行中型以下机动车的水泥路，平整而坚牢。说起这条路,黄大伯说是上级各有关部门注资,加上村民合力筹资建成的。到村口了,赫见一座大型建筑,上有"芳洞村文化楼"几字,却是铁将军把门。黄大伯说,文化楼平常是闲置的,偶有村民办喜事,就用来摆宴。

黄大伯家位于一排面向鱼塘的平房中,临水而向阳。黄大伯的儿子黄旭球听见有客人,忙迎出家门。他50过外,是一位朴实的庄稼汉。进得门来,见有一位十五六岁的少年在看手机,黄大伯说是他孙子,叫黄汉清,在合水五中读初三,此时是回家度假。

黄大伯家不大,有客堂、厨房和两个房间,其中一间黄旭球夫妻住,另一间黄大伯和孙子住,每间房都有阁楼用于储物,整个家给人的印象是通爽、整洁。客堂正对门口处有一角是家人常聚脚的地方,有靠椅、茶几,茶几上放着电话座机,墙上镜框里镶着几张家庭成员的彩照。最引人注目的是一厚叠奖状,全是学校奖给黄汉清的,用铁夹夹着挂在墙上,估计是没那么多地方张贴,或者是因砖墙不易粘牢,而采取了这样一种保存方式。

我和黄大伯一家三代促膝交谈。通过交谈,我了解到以下一些情况。

村子里的青壮年男女,几乎都外出打工去了,包括黄大伯的儿媳妇(黄旭球妻子)在内,她在邻近的新兴县一家陶企打工,每月有2000多元收入。黄大伯的孙子读中学,每学期只需交1300元,学校就"全包"了。目前正准备报考高明中学读高中。

我问黄旭球,怎么没外出打工呢?他说,父亲年纪大了,需要有人照顾,即古人说的"父母在不远行",因此他选择了留家务农,主要是种瓜菜和粉葛,兼种稻。他说,稻谷卖不起价,每担才120~130元,每亩早晚两造加起来有6担谷,由于价贱,种够口粮就算了。他说在家务农和外出打工,各有各的好。

俗话说,生老病死乃自然规律。于此远离镇街之地,老人有起病来是很成问题的。我问起这个问题。黄旭球显出很乐观的样子，说，父亲倘若有病，一般情况下他用摩托车搭他去官山村医疗站就搞掂；倘若病较重行动不便，只要一个电话，医疗站的医生就会上门来。

"家家都有电话机吗？"我问。黄大伯和儿子几乎同时答，都有都有，是"公家"出钱统一装的，每月只需交18元租金。

我问起，假如是孤寡老人怎么办？他们答，政府对"五保户"都有扶养政策，应该是晚年无忧的。

出门时，我看见有人在鱼塘边网鱼，但只网到一条小鱼。问起这鱼塘，黄大伯说没人有能力承包养鱼，只好听其自然，作为一个"风水塘"。每年都有人买些鱼苗投放进去，让其近于"野生"。我感觉水质很清，心想作为调节气候干湿，以及预防火灾发生，它的作用都不容小看，确是个风水塘。

人总是在比较中生存。相比之下，我感觉高明区更合镇官山村在关注民生方面是值得点赞的。论经济发展，该地不是最好的，但是通过解剖芳洞村这只"麻雀"，我感觉"留守"村民是享受到各级党委政府给予的实实在在的关爱。

我不敢说芳洞村的村民有多幸福，但中国人常用来相互祝福的"安定祥和"是说得上的。在这里我想引用我在一份乡镇刊物上读到的一首诗，去概括芳洞村民的生存状况："太平盛世话起居，安定祥和心意遂。衣非绫罗但蔽体，食有珍馐倍安慰。住屋坚牢遮风雨，行靠健足可欲为。知足常乐心自宽，何须计较不及谁？"

养锦鲤人说

一直以来,我对锦鲤这种鱼类感到有些神秘。有一次报上说,在一个锦鲤拍卖会上,有一条锦鲤卖到20多万元。而有一次我在朋友家的鱼池里见到许多我认为蛮漂亮的大锦鲤,心想这得投入多少钱啊!但朋友说,锦鲤的品位高与不高,我们一般人是看不出的,这里面有许多专门学问。我们通常认为漂亮的,其实它的实际价值并不一定很高。这就更增添了它的神秘感。

最近我有机会在顺德某地参观了一个锦鲤养殖场。老板姓万,他十多年前就来租用场地经营花场,兼营锦鲤养殖。万老板首先带我去看室内锦鲤养殖基地。基地里有多个用水泥砌筑的大鱼池,分"年龄组"养着锦鲤,大的已超五年期,小的才数月大。万老板说:"评价锦鲤,一看体型,二看长度,三看颜色和斑纹。其他条件相同的情况下,以体大而长者为贵。"

"什么样的颜色和斑纹为最好呢?"

"这是一个非常复杂的问题,很难说清,不同国家又有不同的评价标准。"他指着一条通体黄色，头部朝上方有一近似圆形红斑的大鱼说："比如这条，叫丹顶，因为形似日本的红太阳旗，在日本卖价最高。"至于其他有黑斑、有红斑的，其评价标准一言难尽，要请专门的研究专家才说得清。

他说，锦鲤每年3月至4月份孵化，饲养数月，待长到10多公分长时，就要精选。入选的比例只有百分之几，其他百分之九十多都被淘汰。

"被淘汰的大量鱼苗怎样处理？"

"运去大海放生！"我明白，珠三角的人将江河称为海。

谈到饲料，万老板说他们是长期使用购买回来的商品饲料，每天定时喂食。锦鲤若饲养得法，生长很快，1岁多时达到40～50厘米，3～4岁的，长度达到70厘米，5岁时达到80～90厘米，这时平均出售价为每条1.5万元，贵的可卖到每条3万元。最长的锦鲤可长达1米多。有一种日本种与德国种杂交产生的后代，名叫纯黄芥子鲤，在5℃以下水温时能变成肉色，非常可爱，价也比较高。

"锦鲤有多长的天然寿命呢？"

"按日本资料记载，现存有100多岁的，至于最长寿命尚不清楚。一般人养十几二十年的鱼死去，是因为没管理好，使鱼感染疾病，而非寿数已尽。"

万老板说，锦鲤是通人性的。他往大鱼池边一蹲，锦鲤都亲热地围过来。他将无名指伸进水里，锦鲤会将他手指含进嘴里咂几下，表示亲热。

接着他带我走到另一个池边，指着一条纯黄色、体型巨大的锦鲤说，这是一条30多斤的"茶鲤"，不过价不是很高，只售1万多元，大概是"花色"不够好。

参观的当天，气温大约为14℃，人感觉有点冷。我问，需要给池水加温吗？

万老板说，不要。说着，他将泡在水里的一支温度计提上来，上面显示水温为18℃。他说，自然水温通常比气温高几度，是因为地热的关系。锦鲤是不怕冷的，能耐受零下二三十度的低温。只不过，水温5℃以下时，它们就处于休眠状态，不进食。作为产业性的饲养，当然是希望它们不要停止生长的，这样就要为水加温。"但是，我们这里室内水温，很少出现低于5℃的情况。"

万老板告诉我，锦鲤最初起源于中国，然后传播到各国。目前我们见到的，是几十年前从日本引进回来的。原因是中国遭遇战乱，作为观赏性的东西（而非生活必需品），自然是灭绝了。目前不仅珠三角的人有饲养锦鲤的雅兴，全国各地都有。因此他的成品鱼是销往全国各地的。

"锦鲤能不能吃呢？"我很关心这个问题。

"肯定可以吃。"他说，"邻镇就有一个老板有吃锦鲤的嗜好"。

"锦鲤的味道怎样？好吃吗？"

"这我就不知道了，没吃过。"他说，"养锦鲤的人怎忍心吃锦鲤呢？一方面它通人性，与人友善；另一方面，它为我们赚钱呵"！

随后，万老板又带我去参观盆景。这时我才知道，除了盆景，还有"地景"，即长在地上的景观树。他介绍说，他的花场主要栽培罗汉松、桂花、九里香，其次是黑松。盆景基本上是大型盆景，一盆几万元到二三十万元不等。他带我去看了一株地景罗汉松，他说以80万元的价出售不成问题。盆景与地景都需要充足的养分，才能保持旺盛生势，他用花生麸做肥料。他说，盆景在五年内，只需适时浇水施肥就可以了；满五年后，需要"换盆"，剪掉原有过多的须根，重新栽植。

珠江三角洲一带的人，非常注重"意头"，即趋吉避凶。罗汉松之所以值钱，与"意头好"有很大关系。民谚说："家有罗汉松，一世不愁穷。"而桂花，则因桂与贵同音而被看好。桂花有本地桂、四季桂、日日桂（日日开花）等多种。许多人家贴在门边的春联，不是写着"出门遇贵人"的字句吗？至于松，有长寿、长青之寓意。俗语说："千年柏，万年松。""行如风，坐如钟，立如松"，均是好意头。

至于榕树，是忌讳种入家园的。因俗话说："容树不容人。"

参观过程中，我产生两点感想：观赏鱼也好，盆景地景也好，都是人民生活水平的一支寒暑表。人们只有在富足时才会需要这些。再就是因花色体型不好而"落选"的锦鲤，反而能得以回归江河，获得自由，这与"笋因落箨方成竹"的道理是一样的。

"快乐素"的细节

业余文学创作起步比我早的云南文友彭兄,有一次在通信中提到一个名词"快乐素",他说与灵感、写作有关。

所谓灵感,按周恩来总理的解释,是"长期积累,偶然得之"。创作离不开深厚的生活积累,但要靠某个现实的触发去点燃思想的火花,这就产生灵感。彭兄说,有时灵感突至,经过一番努力,写成一篇作品,这时心中就会产生快乐素;及至作品发表,获得了知音,又会产生快乐素。彭兄由于心胸豁达,日子充实,所以他非常健康。云南高原冬季,气温不是一般的冷,常人都穿得非常厚实,他却只穿一件薄薄的秋衣就抗住了。

我无须根究"快乐素"是一种什么样的化学物质,也不必探讨这个提法有否科学依据,但我完全认同"快乐素"能使人健康这个说法。

由于得到彭兄的提示,我发现生活中有许多时候都会产生快乐素。比如看了一场很好看的电影,或欣赏一台艺术性很高的文艺演出;

比如某一次愉快的旅程,留下了难忘的记忆;

比如经过一段日子的"苦斗",最终攻克了某一个"堡垒";

比如接到远方朋友一个令人惊喜的讯息;

甚至,听别人讲一个"娱乐性"很强的笑话;阅读中感情的"弦"被击中……

在这样的时刻,我感觉体内都会产生"快乐素"。

我从边陲调回家乡之后,首先想到的,是回当年读书的大学校园去看看,抚摸一下当年亲手栽下的树,看看当年住过的宿舍。那所大学,在"文革"结束后已一分为二,一半搬去湖南长沙,继承了"中南林业科技大学"的香灯;另一半成立华南农业大学林学院。原来的校园,已成为今天的广东外语外贸大学。

我们的小车在大门外停下。我抬头一看,"广东外语外贸大学"的校名赫然在目。"时过境迁,世易时移",我不觉心中感叹。那天是星期天,校门口的伸缩形铁栅关闭着,基本没有人车进出。我对同去的亲属说,进不去了,就在大门外往里望一望吧。

一位保安看见我们在那里停着往里张望,从保安室走出来,向我们走过来。我意识到这地方不许停车,招呼亲属上车离开。

保安问我们可有什么事?我说:"没什么事。以前我在这大学读书,毕业后到边陲干了20年,现在回来了,但这里已不是原先的学校了。没什么,我们随便望一望就走。"

那位保安双腿一并,敬了一个标准的军礼,说:"请等等,我这就去开栅。"然后跑步回保安室……

我完全没想到会受到这样的礼遇,只感到一股巨大的暖流流遍全身。现在想来,这也许就是彭兄说的"快乐素"吧?

不一定是什么重大的收获才会产生快乐素,有时一些微小的,甚至与己无关的事,都会使我产生快乐素。

有一天早上,我站在公共汽车站旁等车,这时,我见到一个大约只有两岁多的小男孩，在家长目光注视下，拿着一只废弃的食品包装袋，迈着稚拙的步子走向垃圾箱。他扔出垃圾的时候没扔准，垃圾掉在地上。他家长呼唤他了，意思是说，这样就可以了。但这孩子很执着，硬是追上被小风吹着跑的垃圾，然后将它投进垃圾箱。一方面是这小男孩的样子非常可爱，另一方面是他的行为"很逗"，不知不觉中，我这一天的心情都格外地好。

从报上读到过一则"软"新闻，说的是广州有一位老大妈，每天都依时依候上白云山参加街坊大合唱。有人问她一个月有多少收入？老大妈说有4000多元。问她的人感到奇怪，她在街道企业退休，退休金会这么高？大妈说："是这样的，'社保'给的退休金，每月就3000多点，但我还有其他收入。什么收入？与我同龄的街坊姐妹，每个月用于医疗保健的自费支出平均600多元，而我连医院的门朝向东南西北都不知道，你说，我的实际收入是不是等于多了600多元！报上说广州人每月上餐馆酒楼平均消费400多元，而我从来不上餐馆酒楼，这样实际上又多了400多元。"老大妈由于心境开朗，生活充满阳光，所以又健康又快乐。我想，一定是她身上的快乐素产生了作用。

我不知道这位大妈受过多少教育，但我感觉，她的"加减法"是高等数学也算不过来的。

其实，人生不过是一架天平，只要将身上攀比的砝码减去一些，心中的快乐就会多一些。

曲终人不散

《红楼梦》的破题诗云"……盛席华筵终散场"。是呵，世上没有不散之筵席。

如果我们将一场演出或一部电影比喻为一顿文化大餐，那么无论多么优美的情节、多么荡气回肠的故事都终会曲终人散。

2016年3月12日晚，我去南海影剧院看了由广西北海市文艺交流中心演出的大型历史舞剧《碧海丝路》，盛大的场景，厚重的民族特色，唯美的画面，海的桀骜不驯，勇士们不屈不挠的使命感，凄美的爱情故事和动人心弦的神话传说……，这一切通过场景的周密调度和演员高超的肢体语言，使我们重回公元前110多年，身临那场中国历史上第一次由政府组织的远洋航行。

曲终人不散！

演出结束，演员分批再次出场谢幕，观众席里响起海潮般的掌声。尤其是当男主角出场、以及女主角压轴出场时，观众席沸腾了。"好！""好！"的吼叫盖住了哗哗的掌声。

通常，演员谢过幕，观众回报过掌声，大幕就会徐徐落下。当晚的特别之处在于，宏大的演员队伍有序地站于台上，不断用掌声欢送观众，而观众则长时间站立鼓掌久久不愿散去。当我随着依依不舍的人群缓缓向出口走去，直到门口那一瞬，我无意中回眸一瞥，见台上的演员依然队列整齐地原地站着，向观众致意。这是我见到过的最"长情"的一个艺术团队。

一场有质量的演出（或放映），总是使人或热血沸腾，或情意绵绵、意犹未尽，心里总是暖暖的。即使很久以后，此情此景，依然历历在目，回味无穷。

但是，不是每场演出（或电影）都有这个效果的。

记忆中，不止一次上了铺天盖地的造势宣传的当。

当某一部"大制作"或当红女星主演的电影杀青之时，电视、报纸就轮番鼓噪，使人感到"不可错过、时不再来"。有一次就是在这样的鼓动下，我去影剧院看了一部"大片"，曲终人散时，场内一片骂声，大有受了不负责任的宣传之骗、平白无故浪费了大好时光之怨气。有人说，倘若这时女主角"现身"，很可能会受到愤怒的观众的唾骂甚或更不堪。

如今的人们，视野广了，品位高了，再不是"两个泼妇骂街都值得驻足围观"的年代了；更由于生活节奏快了，时间金贵了，"无端地空耗别人的时间，其实无异于谋财害命的"呵（鲁迅语）！

如果是看书，看了几页，觉得不对路，可以丢下不看；如果是看电视，觉得荒诞不经或索然无味，可以转台。但去到影院剧场观看演出，费时失事，真是耗不起呵！

由于有过"上当"的经历，我也学乖了，新片刚公映之时，决不会抢先去"尝鲜"，起码听三个朋友说值得看才会去看。

读大学时有一位同学常买小人书来看，我有点不理解，说："要读原著才能采到真蜜！"他说："这道理谁不知道。我是先读小人书，感觉对路了，才去找原著看。读小人书省事，是探路子。"我理解他这是出于时间珍贵空耗不起的考虑。

生活中，热情的观众常有，但"曲终人不散"的演出（或电影）不常有。

一位诗人的忏悔

我每次从佛山仁寿寺门前经过,都看见许多善男信女在顶礼膜拜,尤其是各种民间节令,更要用"水马"规范排队进寺的人流。政府顺应民间信仰和民俗传承,正大兴土木,将仁寿寺规模扩至原先数倍之大。

在很长一段历史时期,我们花了大力气去"破除迷信",拆庙宇、废止各种与民俗"神诞"有关的民间节令。但拆得了有形的庙宇,却拆不掉群众心中的信仰和古老的风俗传承。

我坚信,只要是有利于国家统一、民族团结,让社会安定和谐、国泰民安的事是不会错的,宗教、信仰往往就能起到其他手段无法替代的作用。承认了这一点,我们为什么不因势利导,取其有利的一面呢?

最近,我读了著名诗人于坚抒写的《哀滇池》,受到极大震撼。滇池,作为云南省面积最大的高原湖泊,也是全国第六大淡水湖,素有"高原明珠"之称。但是,到了20世纪90年代,它因生态破坏而面目全非,于今,诗人形容"滇池死了"。请听诗人的哀鸣:"哦,让我心灵的国为你降下半旗/让我独自奔赴你的葬礼!/神啊我出生在一个流行无神论的年代／对于永恒者我没有敬畏之心／我从你学习性灵与智慧但没有敬畏与感激／哦黑暗中的大神我把我的手浸入你腐烂的水／让我腐烂吧请赐我以感激之心敬畏之心／我要用我的诗歌为你建立庙宇！我要在你的大庙中赎我的罪！"

在这里，诗人将自己的种种"罪过"：对永恒没有敬畏之心，没有感激，归结为是因为"我出生在一个流行无神论的年代"。

当然，滇池之死，不是诗人一个人的罪错，谁也承担不起如此之大的历史罪名。

缺乏信仰、缺乏敬畏感激之心，于一个社会来说，这是非常危险的事情。

老百姓信奉神灵、膜拜偶像。其实，神灵、偶像，只不过是历史上的民族英雄、三皇五帝、人民的保护神，这是一个民族的精神支柱，反映了人民群众强烈的爱憎感情。人们祈求他们的护佑，风调雨顺，国泰民安，通过一定的方式（比如祭祀）表达良好的愿望和诉求，这没有什么错。

不同国度、不同民族，百姓心中都有自己的神。"无神论"，抽调了信仰的支柱，"大自然最初是天地人神一体的"，去掉了神，信仰这座大殿难免倾颓！

最让人伤感的一句话

最让人伤感的一句话,我想是因人而异,而没有统一的答案。

按照作家罗西的说法,是"全剧终"三个字:"那天晚上,我看电影,偌大影院,基本上就剩我一人,最后字幕打出'全剧终',我忍不住,泪眼蒙眬。'全剧终'是我见过最伤感的三个字。"

罗西的文章使我想得很多。

我有一个男同学,在读高中时和一位女生相互之间产生朦胧的爱慕之情。假期,相互之间有书信来往,字里行间十分缠绵。后来,男生考上了农林类院校,女生考上了医学院(大专班)。豆蔻年华,情窦初开。节假日,他们秘密相约在风景名胜之地幽会(那时在校学生是禁止谈恋爱的),彼此私下互托终身。

问题是,双方家境相差太悬殊。女生爷爷在加拿大有丰厚物业,且父母都是高知。而男生来自农村,家境贫寒,所学专业在世人眼中也并不看好。对于女儿的恋情,她父母早有觉察。后来,在她读三年级将要毕业时,她家决定举家移民加拿大。

这个消息来得太突然，一下子几乎把这对年轻人都击倒了。

但是现实就是这样严酷，双方都只好屈从。

女孩父母亲自到学校为女儿办理了辍学离校手续，并将她接回家，做移民前的准备。父母对女儿看管得很严，看来是为了防止她与男孩约会或私奔之类。

登机的一天终于来到了。哭红了眼的女孩坚持要让男孩来送行并见最后一面。男孩明明知道此行会遭到对方家长歧视的冷眼，但依然请了假去到机场。

两个年轻人执手相看泪眼，彼此都找不到一句合适的话。是呀，明明知道此时一别将成永诀，世上能有什么语言能表达此刻内心的感情呢？

直到看着飞机呼啸着冲上云霄，男孩呆呆地站在机场外。他无法判断，女孩家的抉择是否为了避开他，还是本来就有移民的计划？他没有抱怨命运，只感到如在悬崖上一脚踩虚凌空飘落。

另一件事是我亲身经历的。在边疆工作期间，由于工作环境的严酷，每天不停地爬山涉水，体力长期透支过大而营养跟不上，好几位同学年纪轻轻就英年早逝，长眠边疆绿草地下。他们的遭遇都大致相同，先是肝肿大（又称无菌性肝炎），慢慢演变成肝硬化、肝腹水，最后药石无效而终。

那一年，又一个同学在经过长期住院治疗之后，病情再度恶化，进入肝昏迷状态。那时他尚未成家立室，亲属远在广东尚未赶来。我们去看他，见他脸色蜡黄，显得虚胖而浮肿。病床边摆放着单位、同事和同学送来的营养品，但他早已不能进食。也许是知道有人来看自己，他从昏迷中缓缓醒过来，用迷茫的眼神辨认着来看自己的人，脸上已无表情。

此时此刻，作为曾多年同窗、共事的我们，能说些什么呢？世间已无一个词语适合于此情此境。只见他的手微微颤抖着、移动着，我明白他是认出了我们,他想用肢体语言表述心迹,于是赶忙轻轻握着他的手,彼此就这样相对无言。……此时,他生病前厚实而耐劳的体魄以及他学生时代孜孜以求、风姿绰约的身影,和现时气若游丝的病态叠印在一起,令人百感交集。

上面这两件事,像刻木凿石般镂刻在我脑海深处,常常引发我去思索。

我思索的结果是,最让人伤感的一句话,是无法用语言表达的。

最让人伤感的一句话最终化作无言。

错过了一站路

每天早上,我从住处搭乘公交车去上班,通常是在市政府站下车,再向前步行一段路就到达上班地点。

那天早上不知是什么原因,我搭乘的公交车上的乘客特别拥挤,到了市政府站,我还未挤到"后门"口,车门就关上,随即开走了。我心里一咯噔,这下麻烦了。我不知道下一站停什么地方,心中很是忐忑。

市政府站的下一站是普君西。这次我不再错过了,奋力挤下车。我辨别了一下方位,明白到向反方向走一段路,再过马路,同样能很快到达单位。

中途,我看见一家商店门口贴着"结业清货"的大幅告示,下边还有一张纸写着"所有商品一折起"。本来,这样的景象见多了,对我毫无吸引力。不过就在这一瞬间,我看见"甩卖"的清仓货中有一堆书,于是我走过去瞄一眼。我一眼就看见一本名叫《山还是山——换个视角天地宽》的书。

很久以前,我在某报的"悦读"栏目里读到过介绍这本书的文章,对这本书很感兴趣,但却一直无缘购得。没想到这次"错站"的行程中不意邂逅。尽管这本当时仅剩一本的书有点污损,我还是很乐意地将它买下。

整整一个上午,我的心情都是愉快的,仿佛在一个梦中。

我国民间有"苏州过后无艇搭""过了这个村,就没这个店""此山过后无鸟叫"的讲法,意在警醒人们,要抓住机遇,不要错过。错过了,往往就"时不再来"了。

但拿我在那天早上的例子来看,以上的讲法就未必准确。事后我想了一下,生活中错过了"机会",而后来却收到意外效果的例子,实在是多得不可胜数。

作家崔修建向我们讲过一个故事。有一个人,初中毕业时以10分之差没考上重点中学县一中,而被一所条件极差的乡中学录取。那所学校差到连起码的办学条件都不具备,更要命的是师资质量差,因为条件稍好的老师都走了。

错过了"县重点",开初令他万念俱灰。后来,他受到一位老师的启迪,铆足了劲发奋读书,终于考上了名牌大学,并完成了博士学位的学业。大概,地处穷乡僻壤的乡校,在所有不利条件之外,却有着远离物欲的诱惑、逃避了烦嚣骚扰的有利条件。

我的人生路上也错过了不知多少个"苏州"。初中毕业时正值饥荒年月,那时的最高念想是考上中专,这样三年后既可挣钱摆脱饥饿,还可帮补家庭。但是,那时的中专名额属于照顾性质,不但要品学兼优,还得是"特困家庭"出身。我不符合条件,因此机会错失。高中一年级时,当时南海县委宣传部要求我在读的中学"借用"两名语文老师充实刚创办不久的《南海报》社。由于没有富余老师,学校改派两个语文成绩稍好的学生滥竽充数。学校透露说,干得好的话,可能会吸收参加工作。我高高兴兴奉派去了,巴望由此走上工作岗位。工作是干好了,但政策变了，一年后又回到学校上课。我在没有读过高一课程的情况下直接就上了高二年级。我一边接受新的课程，一边又拼命补回高一年级的课程。终于还是考上了大学本科。大学四年级下学期，到雷州林业局实习，我非常钟情雷州半岛这块热土，巴望毕业后能在那里生根开花，事实上该林业部门也表示了需要人的意向。但没想到，实习尚未结束，一份加急电报将我们召回，随即分配去云南边疆参加"三线建设"。

  人生真是充满了变数！

  怎么办？当客观条件与主观愿望不相一致时，或者说命运的列车没有在我预期的站点停下时，是终日怀想着既定的站点，还是别的？

  当命运的列车将我放到一个完全陌生的站点，我应当立即判断好新站点的方位、找准目标重新上路，并沿途留意有否怡人的景色。

  就拿我来说，假设我在前面任何一个既定的站点"下车"，我生命的质量肯定没有现在高。因为那样的话生活的路太平顺。而生命的高度是和一生所受的磨难成正比的。

  错过了太阳，千万不要错过月亮！

从伤口流出的不仅是血

不论是人或动植物，都怕受到伤害，有时为了逃避伤害，甚至付出了生命的代价。

但是，当伤害已成事实；或者，伤害无可避免，这时，对于受伤害的人（或动植物），就有一个如何对待伤害的问题。

在这里，我想从植物的一个有趣故事入手进入话题。

我们在生活中离不开橡胶，比如汽车、轮船、家电、服装、鞋子……可以说，橡胶无处不在。橡胶的被发现和运用于科技工业生产日常生活，对世界产生了巨大的影响。

植物学家夏泉生曾对我讲述了发现橡胶的有趣的过程。

橡胶的发现，最初是在印度橡胶榕身上。这种生长神速的大叶子绿化树，目前在我国南方是随处可见了。当它树干受了伤（这种伤可能是动物碰擦抓挠，或是孩子用小刀划伤），便会淌出一些液汁，干后成为富有弹性的物质。小孩子将这种物质收集起来，成为一种弹跳力特强的小玩意。

孩子的这种小玩意，引起了植物学家的注意。当他们从孩子口中得知，这种小玩意来源于树木液汁时，无意中成就了"橡胶"这种物质的被发现。

但是，从橡胶榕身上提取的橡胶，不但产量低，而且品质也不够理想。植物学家们坚信，世界上必定还有一种植物，它所产的橡胶相对丰富，且品质上乘。于是，他们组成了一支探险队，深入南美洲的原始丛林去寻找。

经历了无数次艰难险阻的跋涉，克服了常人难以想象的困难，他们终于在巴西的丛林中，找到了一种"三叶树"，从此这种树被称为"三叶橡胶树"。

为了让它流出胶汁，每天早上天亮前，割胶工在橡胶树干上用特制的刀具铲一道斜形的口子，胶汁便沿着创口流向"胶杯"里。我在位于高州市的胜利农场看到，时近中午，割胶工将一桶桶乳白色的乳胶运到加工厂，加工成一块块"生胶"。

就因为能从创口流出胶汁，改变了世界，因此，这种原先默默无闻地自生自灭于巴西丛林的三叶树，才得以闻名于世，成为全世界举凡适合种植它的国家或地区争相引进的优秀树种。

情况相类似的，还有松树产的松香；龙血树分泌的红色树脂（称为麒麟竭，用于着色料或药用）；腰果树树皮所产乳汁可作涂料等。

从以上例子看出，这些植物虽然不断受到伤害，但是它们一次又一次为了愈伤而流出液汁，这个过程成就了它，使它对世界产生巨大的影响。

人和植物有很多相似之处。有的人在生活中受到伤害，从此一蹶不振，自甘堕落，最终在寂寂无闻中从这世上消失。这正是伤害他（她）的人所希望见到的。而另一种人却正好相反，把来自别人的伤害，转化成进取的动力，最终成就了一番事业，成为时代的骄儿。

2010年12月4日,一位作家应邀在南海图书馆"有为讲坛"作励志讲座,他出生于江西鄱阳湖畔一处偏僻农村,自小与母亲相依为命。从小,他就受到村里某些人的欺侮,包括暴打和放狗追咬,以及没完没了地寻衅滋扰导致伤痕累累。体弱多病的母亲目睹这一切欲哭无泪,但又无力反抗。各种伤害不但没能摧毁他的生存的志向,相反,他还以此为动力,顽强地与命运抗争,终于成为一位作家,在文坛拥有一定的地位。在场听讲座的许多年轻朋友,被他的事迹感动得涕泪交流。

历史上,战国时的孙膑,因受膑刑而成就了《孙膑兵法》;屈原因屡遭放逐乃成就了《离骚》《天问》《九章》……

漫漫人生,谁都不希望受到伤害。但当伤害避无可避,我们应当懂得如何面对。

掌声的谋杀

掌声，常常能为一个人鼓起生活的风帆。然而当掌声消逝时，原先的掌声极具杀伤力。

我有30多载岁月从事文化（或与文化有关）工作，接触过各种各样的文艺界人士，同时也关注各地的文艺界人士，从中获得了许多人生启迪。

在我交往的文艺界人士中，有许多演艺界的朋友，包括京剧演员、粤剧演员、话剧演员、杂技演员、曲艺演员。我发现他们身上都有一个共通点：把观众的掌声作为高于一切的生命养分。

云南下关京剧团演员施霈是我的好朋友，他对我说：人生最高的享受，是在演出中收获观众的掌声和喝彩。每晚演出过后，他都处于极度亢奋状态，简直无法入眠，于是就宵夜、喝茶、聊天，精神的亢奋与肉体的疲劳对抗着，有时直到天亮。

原佛山杂技团一位女演员梁丽媛告诉我：有一晚在演出中，在完成一个高难动作时，脚踝骨折，疼得泪水涌流而出。她在掌声中向观众鞠躬致谢后,强撑着走回后台。但是,按照节目单的安排,紧接着还有她的一个节目。团领导关心她,决定临时取消,但她坚强地站起来,又冲出了舞台。她强忍着骨折的剧疼,不让观众看出她带伤演出。终于,她胜利了。当她在掌声中重新回到后台时,整个人瘫倒了……

佛山话剧团一位演员告诉我:有一次演出,在说出一句台词后,预料中应该是出"效果"的(笑声、掌声),但却没有。这时他整个人慌了,一下子差点连台词都忘了。幸好他有着熟练的舞台经验,重新抖擞精神坚持演下去,终于赢得台下一片掌声……

一位粤剧演员对我说,有句行话,叫"冻死花旦热死文武生",春冬季节演出,花旦为保持苗条身段,只能穿薄薄的戏装;而夏天气温高达三十七八度时,再加上射灯强光加身,文武生依然要大袍大甲全副行头,热到自己都觉得热汗沿背脊往下淌,尤其难办的是大汗遮眼,又不方便抹擦。但是,当观众报以热烈的掌声,一切痛苦都不复存在了。

有一首歌,歌名就叫《掌声响起时》。是呀,掌声、鲜花,代表着赞许、荣誉、成就,光彩……连一岁小朋友都懂得,掌声代表了什么。当你上金鸡奖、百花奖、金鹰奖……奥斯卡金像奖的领奖台,接受观众的祝福、欢呼、掌声、奖杯时,这和帝皇登基相比,是人生的另一种荣誉与高度。甚至可以说能登基的人未必就能得到这样的荣誉。

但是,我惊异地发现,在所有文艺界人士中,演艺界人士患抑郁症甚至自杀的比例是最高的,这就是我在本文开头说的:"当掌声消逝时,原先的掌声极具杀伤力。"

对于成功的演艺界人士来说,他们是特殊材料造成的。他们对各种不良环境、不利因素的耐受能力比一般人强。我看过一位香港演艺女明星的自述。她是个单身女性。她说,有时拍戏连续工作二十几个小时;而每次演出,都陶醉在观众的掌声与鲜花之中,然而当她回到住处,却是形单影只,独对孤灯,尤其是病了时,连个嘘寒问暖的人都没有。但是，每当她想到观众的掌声，这一切困难和孤苦都算不得什么了。

我知道有一位专门写作个人传记的写作人，他给每一位当红的演艺界人士都建了"档案库"，每人一个抽屉。每天他都将收集到的这些演艺人士的活动、行踪"归档"，一旦有需要，能以极短时间整理出记叙当事人生平的书。知道了这些，我们就不难理解，为什么在张国荣"出事"之后三天，满大街就有刚出版的《张国荣传》出售。

2014年8月11日中午，因为一个人自杀，震惊了世界。甚至惊动了时任美国总统奥巴马。这个人就是好莱坞著名影星罗宾·威廉姆斯，终年63岁。

罗宾·威廉姆斯一生收获过排山倒海般的掌声，被誉为"本世纪最伟大的喜剧演员之一""他为观众奉献了许多部脍炙人口的电影作品""在影迷心中，他是一位真正的'心灵捕手'，用电影捕获了一代人的心"。他获得过奥斯卡最佳男配角奖，在美国星光大道，有一颗"威廉姆斯星"。时任美国总统奥巴马悼念他说："罗宾·威廉姆斯是飞行员、医生、保姆、总统、教授、彼得·潘，他似乎什么都是。但同时他又是独一无二的，他就像一个外星人一样来到我们的生活中，他触及了人类情感的每一个元素。我们被他逗笑，又被他惹哭，他将他不可估量的天赋自由、慷慨地给予了所有需要它的人们，从美国的街边小巷到海外驻军的营地。我代表全家对罗宾一家表示哀悼。"

患有抑郁症的喜剧演员，不止罗宾·威廉姆斯一个。"变相怪杰"金·凯瑞在2004年时自曝患有抑郁症；为世人所熟悉的"憨豆先生"扮演者罗温·艾金森，在他的电影《憨豆特工》被影评家和媒体批得体无完肤之后，也曾被曝因为严重的抑郁症入院治疗；威廉姆斯的喜剧导师乔纳森·温特斯也患有心理精神疾病。

有分析家指出：罗宾·威廉姆斯经历了事业的辉煌期后，近年来他的作品并不卖座，特别是他回归电视圈出演剧集《疯人疯语》，播出一季之后就因收视率太低而惨遭抛弃，算是不小的失败。威廉姆斯的公关专员透露："罗宾·威廉姆斯的自杀与抑郁症直接有关。"

这件事留给我的思考颇多。其一，所有这些在事业巅峰过后，因掌声渐息而患上抑郁症的人，都是杰出的天才，发出过照亮世界的光芒，只因为不甘平庸而导致悲剧的发生。其二，世间的铁律是：任何事物，都会经由发生、发展、高峰、巅峰，从而逐渐回归地平线。人不可以永远处于巅峰之上，这正如征服珠峰的勇士，都只能在巅峰上独对一面国旗，自拍留念，随之而开始下山。其三，虽然罗宾·威廉姆斯以悲剧的结局谢幕，但他依然赢得世人的赞誉与感激，人们将永远怀念这位曾划过天际的明星。

天涯不再遥远

　　1965年秋，我从中南林学院大学毕业了。

　　那时候，刚好碰上毛主席提出"开发大西南，建立战略大后方"的方针，急需各类技术人员"参战"，自然也少不了林业科技方面的人才。组织上从我校应届毕业生中，挑选100名政治合格、品学兼优者参加"三线建设"，我有幸成为这当中的一员。

　　从宣布名单到踏上征程，只有短短三天时间。离家近的，可以回家与亲人道别。自然，我也赶回南海里水与父母亲人告别。不识字的母亲问我："大西南在哪里？要走多少天？"我说："具体我也不清楚，听带队老师说，要做好行程10天的思想准备。"母亲听了，喜忧参半。喜的是，儿子16载寒窗苦读，终于学有所成，即将奔赴工作岗位了；忧的是，望断天涯路，今后怕是相见时难别亦难了。由于还要收拾行装，我没在家里过夜，又赶回学院。

　　漫长的旅程开始了。我们从广州火车站出发，第二天早上到达湖南衡阳，等待换乘北京（或上海）往贵阳的火车。火车走得很慢，经过几昼夜咣当咣当的喘息，终于到达。从贵阳开始换乘汽车，途经安顺、毕节等地，晓行夜宿，到达曲靖再换乘小火车，终于抵达云南省会昆明。在昆明耽搁了一些时间，又换乘汽车，第二天傍晚时分到达大理白族自治州首府下关市（现大理市下关镇），我们单位（林业部西南林业勘察设计总队第九大队）驻地就在那里。由于单位房舍尚未建成，于是第二天再出发，目的地是丽江。这样走走停停，终于在第10天抵达。临时在丽江党校安顿下来。没时间多喘息，很快就开展野外作业了。第一次野外作业地点是玉龙雪山。

　　初夏南方的天气已相当炎热。从地处亚热带的广州一下子来到高海拔的玉龙雪山，雪风劈头盖脸地打来，我真有点猝不及防。出发得仓促，又缺乏足够的准备，连个口罩都没有，我一下子适应不过来，很快就得了急性鼻甲骨肥大症，头疼欲裂。但是没有时间也没有条件医治，就这样硬挺着坚持野外作业……

　　20年间，每10天工休一天，每天爬山涉水，足迹遍及云岭、横断山、高黎贡山、无量山等地，最高海拔超过5000米，最低海拔在澜沧江谷地热带地区，有时一天天气垂直变化，从热带到达寒带……歌曲唱道："横断山，路难行……。"但不管怎么说，再难走的路，还是走过来了……

　　直到1985年8月，组织体谅我父母年老多病、盼子心切，于是批准我调回家乡佛山工作，至今又过去34载光阴。

　　近年来，身边有朋友慕名去云南旅游，都大赞云南的好山好水好风光。说到旅途，我感觉如听神话：乘飞机直抵大理、丽江，只需两三个小时；从佛山搭乘高铁直达大理，也只需10个小时，真个到达"天堑变通途"的境界了。

　　另外一件永难忘却的事，就是通信手段发展变迁。

　　想当年，我只身去到云南工作，身在老家的父母及其他亲人难免牵挂。为免牵挂，最简单的方法就是通信。写好一封信，从单位驻地大理下关发出，最快速度（航空信）7天后才能寄达。如果身在茫茫林区，要寄一封信回家可就曲折了，有时十天半月到不了云南省城，从省城再到广东老家又要经一番折腾。因此，家人得到的"近况"，已是20多天前的事了。我接到的"家书"情形也一样。虽处和平年代，依然有"家书抵万金"之感。

寄信固然需时漫长，如果有急事，只好求助于电报或长途电话了。对于"发电报"，现今年青一代简直是云里雾里不明所以，或偶尔有人从革命战争题材影片中见到过，而"民用"的拍电报则要复杂得多。

当时云南的一般县城还没有这种"高科技"服务，必须到地区（州府）以上城市或许才有。发电报手续繁多，费时失事，必须去到电信局，排队预约。轮到了，就将"电文"交给营业员，营业员审查过没问题了，就"翻译"成电文数字，然后按字数及收报地点远近交费，之后按先来后到办理。如果收报人地址是城市，可能当天电文就能送达。

有一次，我正在林区作业，辗转收到老家大哥将近10天前发出的电报。原来电报发到下关市单位，单位收到后，又用信封装上电文寄去野外作业地点。我从来没有收到过电报，收到时不免心中忐忑，颤着双手将电文封套拆开，只见电文写着："母亲日前夜间做梦，梦到你在高山密林作业，发生不测，已不在人世，终日以泪洗面。你若安康，接报后即复，切切。"

接此电报，我心急如焚。队友极为关切，七嘴八舌地给我出主意，最终得出最佳办法：由我长途跋涉走到野外作业所在地县城，挂长途电话回下关单位，请单位留守人员帮忙，按地址给我家发电报："一切安好，万勿挂念。详情后续见信。"

电报只能发到家乡县城邮局，由邮局用"加急"信件通知我家，这时距离我大哥发出电报已将近半个月了，这半个月，难为我在乡镇的父母亲和家人日夜牵挂，度日如年！

如今，神州大地发生天翻地覆的变化。单拿通信手段来说，当初的"神话"已变成了现实。我家除了安装固话机，每人手上还有智能手机，亲戚朋友之间，已实现了"实时共享"，即在我这里发生的"喜怒忧思悲恐惊"，可以"即时"连图像带声音发送给千里之外的亲戚朋友，已实现"无障碍"实时通信了。

这些年来我们生活的千变万化，真是十天十夜说不完。我和我家，只不过是十几亿人口中微不足道的一点，而交通和通信的发展变化，又是我们的生活中往往被忽略、被遗忘的变革之一。我以这么小的例子，去歌颂祖国伟大进程于万一。

夜半的鼎湖山

朋友在肇庆鼎湖山风景区买了一处度假公寓（只有使用权而无产权），常年空置。他邀约我夫妇等一班人同去住一晚，感受一下山居的情趣。

早在大学里读书时，老师便带我们到鼎湖山参观过。因为这里号称"沙漠带上的翡翠"。说来真是奇怪，地球上，全世界靠近北回归线的地带，全是大沙漠或干旱草原，只有这里12.2平方公里保留住森林，保留住高等植物1700多种。1956年，这里成为我国第一个自然保护区，1979年联合国教科文组织在这里建立了"人和生物圈"研究中心，研究这里不被沙漠化的原因。我们去参观时，即使采摘一片叶子，也要经过自然保护区同意呢。

翌日，按朋友的安排，我们凌晨5时开车上山。感觉上，时值夜半。"天是黑沉沉的天，地是黑沉沉的地"。为什么这么早上山？朋友没说。

车在风景区外围停下来，我们打着手电沿山路向目的地鼎湖进发。走到半路，朋友让大家停下来，在一处有石台石凳的地方吃自带的早餐。

"莫道君行早,更有早行人"。水乌月黑的山上,已有零星活动的人们。有在晨运的,有在练嗓的,此外我还见到一些"特殊"的人。

在离我们歇脚地不远处,有两位老伯在聊天。按理说,聊天应靠在一起,但他们分别坐在相距约五米的两块石凳上,非常大声地对话。我走上去向他们请教,为什么要这样?他说,这样吐故纳新,才能吸收到晨光和山林精气。另外有一位老伯,挑着两只编织袋,在有人迹之处窜来窜去,原来他是捡拾易拉罐和矿泉水瓶的。我不由得感叹,这世上尚有一些人生活得很艰辛。

当第一缕熹微的晨光穿过浓密的树隙照临大地,朋友招呼大家更衣下鼎湖游泳。他还特地用手电照着一块纪念碑让大家看,只见上面刻着"孙中山游泳处"几个大字。

据说,第一批下水的人是最具活力的人。我终于明白了朋友让我们夜半摸黑上山的意图。

虽然时值盛夏,但鼎湖里的水竟然冰凉透心。

唱歌是很痛苦的吗？

夏季的一天，我和家人到某酒店吃饭。离开时，忽然有人叫我。回头一看，是一位30多岁的女士，我立即认出，她是十多年前参加过青年作家培训班的学员小谢，身旁还有一位十一二岁的小女孩，估计是小谢的女儿。

一番寒暄过后，小谢告诉我，身旁这个是她女儿小杏子。小谢说，小杏子总有问不完的问题，有时问到她烦了，因为有许多离奇怪诞的问题不知该怎样回答。这时小谢对女儿说，快叫何伯伯，何伯伯是教过妈妈的老师，你有什么问题，可以问何伯伯。

小杏子挺大方的。她歪着小脑袋问我："唱歌是很痛苦的吗？"

我没想到有人会突然提这样的问题，一时不知该如何解答。幸好我脑袋反应还算快，我说，唱歌通常都是表达一种欢快、喜悦或赞颂之情。边疆少数民族有两句民歌是这样唱的："如今日子喜事多，心里欢乐要唱歌。"所以我认为，唱歌应该是一种欢乐，而不是一种痛苦。你为什么会提出这样的问题呢？

看来我的解答并不能令小杏子满意。她说，不对呀，我常常看电视，看到那些叔叔阿姨唱歌时，都表现出很痛苦的样子，常常是脸都扭曲了，比哭还要难看。所以我想，唱歌一定是很痛苦的，他们才会这样。

小杏子的话，将我逗笑了，我一时感到很难再作进一步解释。我只好说，等我见到歌星时，问问他（她），再回答你好吗？

事实上，我并不认识歌星，因此到现在也无法回答小杏子的问题。但小杏子提的这个问题，一直萦绕在我的脑际。

我记起了读小学时，教我们音乐课的谢灼颜老师说过："在表演（唱歌）时，即使你感到吃力，脸上也还是要带着微笑。"

读中学时，教我们体育课的司徒权老师说过："体育作为一种竞技项目，随着巨大的体力透支，通常都是很吃力的，甚至要忍受肢体的痛苦，但却不能表现出来，应该体现一种自信，最好是面带微笑。"

前些日子，我采访了一位杂技艺术家黄绮薇，她原先是佛山杂技团的台柱子之一，她一身都是技艺，能演大武术、车技、古彩戏法、空中飞人等多种精彩节目。她告诉我，有一次表演时扭伤了脚，退场后在后台疼得掉泪。但是，紧接下来又有她的节目。"节目单"一经公布是不能更改的，更不能取消。于是，她眼泪一抹，强忍着剧痛，又上场了，并且脸上始终保持着欢快的微笑。最后，黄绮薇说，我们做演员的就是要这样，宁愿用自己的痛苦，也要带给观众欢乐。

我始终记挂着小杏子的疑问，而直到如今，我依然未能找到能令她满意的答案。

是的，我也留意到，当今许多歌星，包括诸如参加"××好声音"大赛的选手，在使用通俗唱法时，往往都表现出欲生欲死的样子：身体像在抽筋，脸上表现出痛不欲生，像小杏子形容的比哭还难看，连声音也似乎是生离死别的一种哀嚎，并且往往这种表现能夺得高奖项。

说实在的，这些歌星（或参赛者）唱的歌词，我是一句也听不懂的。

或许他（她）要表现的是一种爱情中的痛苦，比如有一首流行歌就叫作《情已逝》。如果演唱者微笑着去演绎，那也未必合适。

不过，我相信，不是所有情感类的歌曲都是反映情已逝的吧？天天都情已逝，人人都情已逝，这个世界还值得留恋吗？

或许，开初，那是某位"天皇巨星"的演唱风格，立即群起而效之？

或者，某些"大腕评委"热衷于这样的风格，必须"撕心裂肺，痛不欲生"才能得到青睐？

我要说的是，倘若是演绎"情已逝"一类歌曲，那您只管肝肠寸断、声泪俱下吧。

但倘若不是"情已逝"一类的歌曲，那又何必将自己扭曲得比哭还难看呢？

第二辑　人生处处皆风景

记得住60多个电话号码，记不住年龄

一个80多岁高龄的妇女，和人合伙经营桂花苗木种植场，存圃苗木40000多株，兼间种中药石斛；使用智能手机，开微信，网上销售茶叶，远销北京、青海、两广等地；能随口说出60多个电话号码，被儿女戏称为活的电话号码簿；拥有几大书柜的藏书，通读《红楼梦》《三国演义》《水浒传》《西游记》《清史演义》《唐诗三百首》《唐人绝句选》等名著，且反复读三四遍，能背诵其中片段。而她当初只读过三学期小学（第四学期的书本领到了，但失学了）……

她叫梁贤香，广西苍梧县人，现与儿女居住梧州市龙圩区龙圩镇城东社区。

惊人的记忆力引起笔者注意

2017年2月下旬的一天，我和同乡好友汤达铭一家三口，驱车去广西梧州市龙圩区探望他的姑婆（母亲的姑姑）。

姑婆名叫梁贤香，乡亲习称她"阿老"。生活中，没有什么事比亲友来访更能让她高兴了。见面说不上两句话，她对我说："我今年88岁，能一口气说出60个电话号码。"说时，脸上泛起只有孩子等待"小红花"时才有的那份天真与期待。

"我读书只读了三个学期，日寇来了，无书读了"阿老思维清晰，语言爽脆，说起不幸的事，有种"云淡风轻"的洒脱。"但是天无绝人之路，解放了，我进了夜校，刻苦学文化，加上勤奋自学，我读过的'大部头'比谁都多。"

阿老是和二女儿、四女儿以及她们的夫婿一起生活的。二女儿陈志涌见我对母亲的话将信将疑，接口介绍说："我妈说的话都是真的。她不但能随口说出60多个电话号码，并且过去用过、现已废用的电话号码她都还记得，我们说她是活的电话号码薄。"

陈志涌今年55岁，刚从某银行县支行公司部经理的位子上退下来。关于母亲的情况，主要由她向我们介绍。

"没有磨难，那不叫人生"

陈志涌说："我妈记得住60多个电话号码，却记不住自己的年龄，有时说小了，有时却说大了。她刚才说自己88岁是错的，实际上她只有84岁，家乡人喜欢在实际年龄上加天一岁地一岁，那也只是86岁。妈每年不让家人为她做生日，目的是不要老是提起她的年龄，我们只好在她临近生日时，不动声色地弄点丰富的菜肴，算是替妈妈做生日。"

阿老的童年，经历了日寇侵华的战乱，以及家贫、饥荒等灾难。但她很少提及。别人问起时，她就说："没有磨难，那不叫人生！"言外之意是，磨难虽然使人受罪，却能锻炼人、造就人，也是财富。

妈妈16岁时，解放了，她的命运也发生了改变。她白天参加生产劳动，夜间上夜校，将原来失去的学习机会补回来。在大量识字的基础上，她勤奋读书。她读书不像一般人那样，只为追求情节，她是真读懂，常常是反复读三四遍，领会其精髓，部分章节能背诵，学以致用。由于她的博学多才、处事干练，因此很受领导和群众青睐，先后担任生产队长、民兵队长、治保主任、公社妇女主任、公社工交大队长等。公社领导下乡调研处理基层事务，都喜欢让她参与、当参谋，因而慢慢地她有了"智多星"的美誉。

痛失顶梁柱，另辟蹊径自救

1972年，也就是阿老39岁那年，作为家庭顶梁柱的丈夫因病不幸去世。这时他们已生下5个子女，大的才13岁，最小的未满周岁。一双手养育5个嗷嗷待哺的孩子，肩上的责任不可谓不大。

"一要生存，二要发展。"为了先顾好这个家，阿老辞去了其他"一线"职务，退而担任公社车缝社主任，一直干到退休。

家中顶梁柱去世以后，生活主要来源没了，一家人的衣食住行陷入了困境。幸好这时政策有所放宽，允许少量发展家庭副业。

阿老想到了养猪。她想起在广东封开有个亲戚是养猪能手，因此登门求救。亲戚素知阿老平时很乐意助人，在乡邻中有口皆碑，于是毫不保留地将一整套科学养猪的秘方都教给了她。她回家后，每批养3~4头，一年可出栏三批生猪，解决了家庭用度，使孩子们不致于失学，也不用挨饿。日子好过了，她不忘周边群众，将一整套养猪经公开，来一批教一批，带领大家一起脱贫。

在此期间发生了一件事。丈夫在世时，有个很要好的同宗兄弟经常到家来吃住，并得到经济上的接济。但是丈夫去世后，阿老家顿时陷入困境。这个当年的同宗兄弟再也不来了，甚至路过家门时都不瞧一眼，唯恐阿老开口向他借钱。

世事无常，阿老得了秘方，通过养猪赚了钱，这位同宗兄弟也想通过养猪赚钱，于是又改变态度，上门说好话，讨秘方。

年幼的孩子这时候都懂事了，这个人过去的所作所为在他们幼小的心灵留下阴影，因此都不想母亲帮这样的人。但没想到，阿老当一切都没发生过，依然热情接待这位不速之客，将一整套秘方和盘托出，甚至还支持了部分物资。

对于子女的不理解，母亲说："做人要有容人之心，在这世上，除了背叛祖国的人不可宽恕，没有什么人是不可原谅的。宽恕他人也就是善待了自己呵！"

向阳的果树果子多，诚实的人朋友多

阿老原先在广东佛山与三子一家共同生活，2007年不慎跌了一跤，伤了腿骨，治愈后留有后遗症，并且放射到腰部，因此行动不像原先利索了。为方便照顾，子女又将她接回龙圩镇与二个女儿同住。自此以后，老人较少出门走动，但她依然在室内多活动，锻炼肢体功能。

她出门少了，上门来探望她的人却多了，老家六堡那边的乡邻，尤其是当年得到过她照顾的，都不忘她的好，有空就来看望她。更多时候是电话聊天，有时一聊就是一个多钟头。

因为她视友谊为生活的必需，因此才会随口说得出60多个电话号码。

医院不常去，每年只一次

笔者问阿老二女儿，老人家身体状况如何？她说，除了腿脚不像先前灵便有力，身体情况非常好，老年人常见病诸如"三高"、糖尿病等，她一样都没有，并且耳聪目明。她每年只去一次医院，为的是做全身健康检查。

　　阿老身体健康情况这么好，得益于良好的生活习惯，常与人沟通，兴趣爱好广泛；至今她依然爱读书、爱好车缝衣服、绣花、画画、背诵古诗词、收藏茶叶，日子过得充实而有意义。再一个原因是子女孝顺，关爱老人。笔者看看阿老午餐都吃些什么？焖猪腿、咸菜、青菜。笔者说："不是说老年人少吃动物皮和肥肉吗？"阿老淡然一笑说："要健康，不挑食，这样营养才均衡。"

从"0"起步的追梦人

梁玉英，1974年出生于佛山市三水县一个古老的村庄——岗头村。

1991年5月，她17岁，在三水白坭中学初中毕业。由于家庭条件的限制，她失学了。

夏天，玉英这位从未见过世面的山村姑娘，揣着一张初中毕业证、一张美工结业证、一叠素描习作，来到了从未到过的佛山。她两眼一抹黑，搞不清东西南北，于是找到书店，买了一张佛山城区地图，便开始了寻工之路。

可是，等着她的，却是一次又一次的挫折和失意。招工单位工作人员有些话，是说者无意，可是对于玉英这位初生牛犊来说，却无异于兜头泼下一盆盆冷水。具体来说就是，所有的招工单位，均要求大学本科（或以上）文化程度，而她，只有一张薄薄的初中毕业证！

一次又一次挫折、失意，使她心灵备受打击。从第6个人才市场出来，她心灰意冷地走在车水马龙的路上，酷热、疲惫、失意几乎令她虚脱。但她没有气馁，找个地方安静了一下，对自己戏谑地说：我劝天公重抖擞！她重新站起来，收拾好心情，给自己一个灿烂的笑容。准备到最后一个人才市场。成与败都得给自己一个交代。

第9站也是最后一个机会了。她经过远距离步行，来到江湾加油站旁的基业电脑机绣有限公司。老板姓刘，和太太一起亲自考核求职者。看过玉英递上的资料后，刘先生说："我招聘要求是中专以上学历，而你只有初中毕业……"刘先生抬起头狐疑地望着她。

"我知道。但我相信自己能胜任贵公司绘图员一职。学历并不代表能力，我虽然没文凭没学历，但美术是我一直以来执着的追求，只要刘生给我一个机会，我会还你一个惊喜……"她一口气把从书报上学到的大道理学说了一遍。刘先生夫妇相互对望了一眼。玉英从中看到了他们不易觉察的善意。

经过几个回合的实际操作与口头测试，意想不到地，玉英被录用了！

她第一次尝试到成功的喜悦！

她很快就办完了需办的手续，成为基业电脑机绣有限公司的绘图员。平心而论，在往后的日子，刘先生刘太太待她真的不薄，工作也让她感到得心应手。

但是，这么艰难得来的一份工作，在半年后即1996年2月她却辞职了。因为有一天，父亲突然打电话给她，告诉她有一位远房亲戚在南海西樵开了一间华宝工艺厂，要招收一名工艺美术师，父亲向这位远房亲戚推荐了玉英。

玉英入职后接到的第一个任务，是当一名刻石工。事情是这样的：当年夏天，南海县府所在地桂城决定在雷岗山兴建雷岗公园。玉英所在的工艺厂有幸成为公园碑廊施工单位。由南海知名画家傅云若老师担任艺术顾问及监工。他从工艺厂众多工艺者中，选中了玉英担任碑廊刻碑工作。碑廊所雕刻的字画全是南海历代名家的墨宝。

女刻石工，没听说过吧？这是一份既需要体力、更要有毅力和技术的工作。为省去来回往返的时间，经老板同意，她直接搬到傅老家中住下来。几十块石碑，全是大块大块坚硬沉重的大理石，工程十分浩大。

工期紧迫，他们每天早上6点起床，一直干到中午12点，中午连吃饭带休息一个半小时，直到晚上10点才收工，每天工时长达14个半钟头！

一个多月时间，连续每天高强度的工作，几十块石碑在她手中刻下了永不磨灭的图文。苦吗？若说不苦是骗人的。但她无怨无悔，她将这段经历看作学习、实践的极佳时机。她认为，即使是在学校，也不会有这样理论与实践相结合的大好机会！

从1996年2月起到2002年5月，玉英一直在西樵华宝玻璃厂任工艺美术师。"打工只是一种谋生手段，进取才是人生目标！"人生路上，她始终坚持着这样一个信念，并分别于1997年和1999年前往广州美术学院进修业务。

玉英的工作是带创造性的，永不重复。随着人们生活水平的不断提高，对美化生活家居的需求也就愈发普遍，玻璃工艺普遍应用在屏风、壁画、台面、护栏、货架、门窗，甚至于地面上，更有甚者，普及到天花板上！

老一辈著名作家曹靖华（1897—1987）曾经说过：人总得具备了基本的谋生手段，才能去追求自己的业余爱好（大意）。这话说得中肯！

玉英从小就爱好文学。但是，命运却让她读完初中就不得不投身于劳碌的为生存而拼搏的劳动大军之中。以一个初中生的水平，要在文学小径上爬出点名堂，实在有点不自量力。而她就是这样一个"不自量力"的倔人！

在打工岁月，一天下来已累得够呛。下班了，别的姐妹都三五成群地出去放松一下，舒展一下劳累了一天的筋骨。可是玉英却不这样，她像久旱的禾苗一样，通过大量阅读，吮吸文学的甘霖。加上丰富的人生经历，使她感到笔端有太多的事可以诉说。就这样，她常常伴着孤灯，不倦地写呀写呀。她的作品先后出现在《羊城晚报》《河南文学》《诗词》《中旅文学》《佛山日报》《珠江时报》以及各大网络平台，2018年散文《醉在丽江》入选《佛山韵律文学艺术丛书》（年度精华本）；她先后加入了南海作协、佛山市作协，多次获西樵优秀文艺工作者奖，当选西樵文学协会秘书长。她打算在作品积累到一定数量时，出一本自选作品集。

在华宝玻璃工艺厂一干就是六年，生活就像天上的云彩，随时变幻、永不重复。最大收获是从玻璃工艺厂的学徒，通过磨炼，由雕刻工晋升为绘画师，再到工艺美术师！

她一直没有忘却当初的志向：创业！于是她提出辞职的请求。老板娘虽然极其舍不得这个人才，但也识大体顾大局，反躬自问，倘若是自己也会这样做呀！于不舍之下还是答应了！

就这样，她自主创业的轩辕玻璃工艺厂悄然开业了。

刚创业时，她手上一个客户都没有，生意极差。因为在华宝辞工时她没有告诉任何一个客户。她认为，撬原老板客户这种事干不得，超越了自己的底线。创业半年，一直处于亏损状态，快要撑不住了，这让她有点始料不及。

一天，一位以前工艺厂的客户兴冲冲地冲进玉英的门市，说："哈哈，终于找到你啦！这半年我找你找得好辛苦啊！你辞工半年，我订造的工艺客户都不满意，经打听只知你还在西樵，但又没人告知地址，今日偶尔看到你们门市外的工艺样板，终于找到你了……"客户一席话，令她信心大增！后来这客户又介绍了不少别的客户过来，生意才渐渐有了起色。由于工艺过硬，富于创意，因此一直都维持满满的人气，业务量也不断扩大，渗透到人们的生活当中。

在西樵（及至周边地区），许多家庭、工企乃至公共场所，都可见到他们的出品：壁画、屏风、门窗、电视背景、台面、楼梯扶手……内容有人物、山水、花卉、鹰、奔腾的骏马……艺术是需要个性的，如今在玻璃行业中，像她这样保留纯手工绘制的工艺已经很少。她必须手工绘图、手工雕刻，然后用磨砂机喷出层次，再手工着色……虽然费工费时，但效果变幻无穷。

随着市场需求不断扩大，轩辕玻璃工艺厂的规模也不断扩大，并且已转型为玻璃安装工程为主，玻璃工艺为辅。玻璃安装工程是一项重活、累活，工程采用的1.2厘米的玻璃"厚片"，需要三位"大力士"才能搬得动！

结束语

从1995年踏足社会闯荡至今，玉英不知不觉已走过25年！

此刻她的心态是怎样的呢？我想引用她在一篇题为《无悔的选择》的叙事散文里的一段话加以说明：

"……当所有的辛酸已成为身后一行或深或浅的足迹，当我跨过一道又一道人生的坎，当我战胜一场又一场磨难、一次又一次超越自己，我已将幸福种满了心田！那满满的幸福感，是金钱与物质无法给与的。对我来说，幸福不是金钱的富有，不是物质的享受，不是名利与地位，而是充实而有梦的人生！只要将梦想种在心田，将幸福握在手心，用心耕耘，全心经营，幸福便在心里开花结果，便如疯长的藤蔓缠绕着你的人生……"

拼搏路上，玉英已遇到志同道合的"另一半"，组建了幸福美满的小家庭，并育有两个聪明乖巧的女儿，大的读高中一年级，小的也读初中二年级了。

老农的 60 大典

3月初的一天，铁杆哥们段君告诉我，过几天要回湖南冷水江老家一趟。

我好生奇怪，段君2月中旬春节时才回去10多天，回来上班还不到一个月，怎么又要回去？

段君说，岳父大人60大寿。比起婚礼，60大寿要隆重得多。一个人无论贫富，不论成就高低，到了60岁生日那天，远亲近邻都要来为他祝寿。经济条件好的，摆七八十围甚至更多；经济条件再不济的，大伙也会为他张罗，摆个三几十围隆重庆祝。

段君家乡这个风俗，引发我无限遐想。

尽管社会上给年满18岁的人举行成人礼，但在传统风俗中，真正的成年是以结婚为标志。一个人只要未结婚，即使长到30岁、40岁，春节时成年人还是会给他（她）派利是，直到他（她）也结婚为止。

人们祝贺某个人的婚礼，是因为他们成家立室了，要过相对独立的生活，并且即将承担起生儿育女、为人父母的大任，使族群得以繁衍、社会和事业得以延续。

但比起60大寿，婚礼毕竟只是"小儿科"。

因为，一个人长到20郎当岁，找个情投意合的人结为夫妻，毕竟不是很难的事情。即使独立能力很低的人，依靠父母的荫庇，找个条件匹配的人建立个小家庭，着实没有太多惊世骇俗的深意。

而60大寿可就不一样了。60岁意味着什么？

他已在历史的长河中搏击一个甲子；

即使再平淡的人生，无须赘言，他也肯定经历了许多大风大浪，跨越了许多沟沟坎坎，战胜了无数风霜雨雪，克服了灾荒饥馑，迎击各种各样的病痛袭来，书写了一部属于他生命历程的"创业史"。

就好像一场马拉松赛跑，不论跑得快慢，他终于胜利抵达冲线点。

比起城里人的人生，农人的人生是更为值得称颂的：顶着料峭的春寒下田春耕，不避风雨耘田栽种，不断与旱涝较量，在烈日下抢收抢种……我听一位老农说过，人世间只有栽种养殖是在"生产"，其他行业都只是物质形态的转换。老农的话未必全对，但经得起推敲。

人们要为60岁大庆，这风俗可能沿袭自远古。古人说："人生七十古来稀。"那时物质生活条件及医疗条件都相对落后，人的寿命短，很难活到70岁。因此，在一个甲子轮回之际，为之大庆，体现了对生命的敬畏。有人认为，60岁是生命的另一次起点，比如61岁，他会说自己1岁。

现在人的寿命增长了，活个八九十岁已不稀奇，而在他六十岁的时候为他做"大寿"，依然有其合理性。

尽管每位"年届花甲"的人生活的道路各不相同，但有一点是相同的，那就是——

悠悠岁月，不论命运遭遇几多失意、多少屈辱，都一次次以海量的胸怀承受，永不回头；

记不清多少次与死神擦肩而过，但每一次都能高扬生命旗帜，让死神节节败退。

一句话，不论日子多么难，都不曾退出生命的长跑，不言放弃。

60大典，是一种生命的礼赞，是对勇者韧性的张扬。更是人们自己给自己的"授荣"礼仪。

我国农民的本质和生存状态如何？借用全国人大代表、作家彭学明的话说："他们生活在最底层，没有受到过多少高等教育。但他们的心最纯洁、最朴实。"

我完全理解冷水江农民叔伯兄弟的心。尽管生活在最底层，没有得到太多的关注。但是，他们可以用自己的方式，让自己也当一回人生大舞台的主角！

我们完全有理由为之举杯！

你知道我在等你吗?

等待、等待，等某一个人，或者等某一些不确定的人，每日每时，世上有多少这样的人呵!

20世纪80年代末的一个星期天午后，我在家闲得无聊，打开香港电视"本港台"打发时光。在这个"非黄金时段"，我看到一个很有意思的"人物追踪"节目。

我不知道片子是什么时候开始播放的。从我打开电视的瞬间，就见到一位外貌有80来岁的老婆婆，拖曳着一个硕大的蛇皮袋（估计是她已无力将袋子提起来），从一道陡窄而阴暗的楼梯上艰难地下来。到了楼下，镜头展示出那是一条十分偏僻的旧街，行人寥寥。在楼梯出口一侧，有一个专属老婆婆的摊位，用木板钉成的摊位是固定的，不用收拢或打开。这时，老婆婆稍事喘息，就开始从蛇皮袋中小心翼翼地掏出一盒盒的音带，均匀地摆放在摊位上。摆好了，又做些微调整，直到满意，才舒坦地坐在一张折得起来的帆布凳子上，十分悠闲地注视每一位路过的行人。

这时候有一极具磁性的男中音开始解说。他说："老人家名叫×××，每天早上都会准时在这里摆摊，风雨无改。"这时屏幕上出现了几张老婆婆年轻时的照片，其中一张还是对着麦克风演唱的照片。从照片上看，她虽不是那种艳光四射的女人，并且化妆显然有点"过"，但给人的印象，总不失为一位颇具姿色与风采的年轻歌手。男中音说："她年轻时是一位歌手，这一点，与她同时代的人应该依然记得。她摆卖的这些音带中，有一些就是她录灌的歌。可惜世易时移，'音带'的时代已慢慢过去，而被 CD 取而代之。但是，这位昔日的歌星，依然不离不弃，每天固守在她的摊位旁，等待着或许会出现的知音。"

镜头依然回复到摊位，以及这位已然老去的歌星。男中音没有介绍她的婚姻状况以及有无子女（或许在我打开电视之前讲过？）老歌星一脸安详，悠然自得地端坐一旁，用一种慈爱的目光向每一位路过的行人致意。我从她沟壑纵横的脸上，完全捕捉不到今日的她与刚才缓缓从荧屏上"走过"的年轻歌星之间的契合点。

天色有点晦暗，路上行人稀少。偶尔有人走过，但少有正眼注视老歌星和摊位的。仿佛她和身旁的一切并不存在。

男中音又道："通常，一整天没一个人光顾老人家，甚至连驻足翻看一下音带的人也没有。但是这些都无关要紧了。要紧的是，她那一份坚守与等待。"

这时候，我对这一位昔日也许曾经走红，也许甚至为了艺术而耽误了婚姻大事（不知为什么我会产生这样的猜想），而如今已然老去的艺人充满了敬意。这一刻，我甚至产生了一份冲动，希望赴港去寻到她的摊位，向她购买几盒音带，作为艺术品，纪念逝去的旧日时光，让她感觉到，这世上知音确实存在。

一位女诗人写下过这样的诗句："等待就是美丽。"

农艺师等待第 N 代杂交的种子破土发芽；医生等待一位抢救了几天

几夜的病人出现奇迹；寒夜里迷路于荒野而又与营地"失联"的野外工作者，等待着救援人员那一发信号弹；茫茫大海中漂流的人，等待着海平线上露出的一角平沙；怀胎十月的母亲等待新生命的一声婴啼；一位被丈夫遗弃但依然对夫情深的女子，等待着丈夫的回心转意；年老的妈妈总是守在电话机旁，等待儿女一句报安与问候……

我看过本地作家赵洪（与吕雷合作）撰写的《谢非传》（注：谢非曾任中共中央政治局委员、广东省委书记）。书中说，谢非英年早逝，而人们不敢将这个噩耗告诉他年逾百岁高龄的老母亲。像普天下为人父母者一样，这位年迈的母亲总在等待有关儿子的音讯。每当她问起儿子，谢非生前身边工作人员总会告诉她，谢非很好，只是工作太忙，暂时没时间回来看望您老人家；或者告诉他，谢非因工作需要，正出差在外。老人家的等待有了圆满的答复，欣慰地释怀了。直到多年以后，老人辞世了，她显得很安然，大概因为她心中始终有一个美丽的等待。

大约在20世纪80年代末，有一首歌红遍神州大地，那就是歌星张洪量作词谱曲并担任原唱的歌《你知道我在等你吗》。每天，世上新创作的歌曲不计其数，为什么这一首能迅速蹿红并广为传唱？因为它点中了我们的"命门"，说出了许多人的心声。试问，生活中，有谁心里没有一种或甜蜜或苦涩的等待？

等待，常常是忘情的、痴心的，甚至只是一种虚无。我们应该敬重那些为艺术、为事业、为亲情、为爱情而守候的人。

我很难想象一个不再等待什么的人的人生。

等待就是美丽。

负重者的 4600 级阶梯

我岳母在 87 岁的时候，体质衰弱，住在敬老院里。那年她生日，儿孙们在旋宫酒店订了寿宴为她祝寿，可是要从敬老院将她接往酒店却成了难题。孙儿将小车开到敬老院楼下，但车厢地板距地面有约 30 厘米高，岳母的腿无力跨越这一步；而小车的车门又是很矮的，用力抬起她，她也无法弓腰配合这一动作，为此折腾了老半天才将她安顿进车里。不难想象，下车时同样困难重重……岳母有点不好意思，她自嘲地笑笑，说，瞧我这腿……想当年……

岳母年轻时，是一位体力超强的女性，她当时每天需要付出的体力，在现今年轻女性中，100 个人找不到一个呵！这事说起来话长啦。

岳母与岳父成婚在解放前。那时，她丈夫（即我岳父）在香港谋生，可能由于社会动荡，他失业了，连书信也没有，更谈不上经济上的接济了。

这可苦了家中一家老少。但不论多么难，日子总得过下去呀。当时只有 20 岁出头的岳母，选择了到碾米厂当挑夫的苦差事，挣钱养家糊口。

当时的碾米厂，要用人力将稻谷一担一担地挑上二楼机房，倒进碾米机入口，碾成米和糠后，自动分流落到楼下机器出口。岳母从清晨到傍晚，不停地将一担担百多斤重的稻谷挑上二楼，每天得挑约180担。每挑一担，司磅员就发给一支"竹筹"，傍晚收工时凭竹筹结算当天工钱。当时，岳母上有上了年纪的家婆，下有嗷嗷待哺的两个女儿，挑谷苦力的劳动收入，成为家庭生活的主要来源。

试想想，碾米厂从地面登上二楼，有26级楼梯，肩挑180担100多斤的稻谷登楼，相当于将18000多斤重物挑上4600多级台阶，而她当时是一位20出头的弱女，用今天的眼光看，这是一个不可思议的数字啊！直到8年以后，在香港谋生的岳父有了转机，才又与亲人联系上，那是后话了。

汉代刘向在《新序·善谋》中说："强弩之末，势不能穿鲁缟。"

每个人都是这样，从刚出生时的弱不禁风，到蹒跚学步、牙牙学语，到幼年上学，长身体、长知识，直至长大成人，投身社会。

及至六七十岁时，各种生理机能就开始衰退，大多数这个年龄段的人，都进入了"养老期"，即古人说的"颐养天年"。我岳母由于年轻时体力消耗过大，导致了膝关节的病变，85岁后已基本不能独立行走，生活也不能自理了。但她总是笑眯乐呵的。每当儿孙绕膝时，她就会自豪地说：想当年……那是她最值得炫耀的资本。尽管那段引为自豪的岁月儿孙们已听过不下百次，但每次都总是像听一个最美丽的神话，专注地聆听，作为对老人的孝敬。

而我面对"强弩之末"这种现象，则产生了两点感想。其一，当我们的生命之箭依然有力的时候，就要发奋，力戒惰性，珍惜寸分光阴，努力进取，在事业的攀登上不断跨越原有的标高。其二，只要我们做到了上面说的这一点，到了强弩之末，也就没有遗憾了。

比如一位在珠穆朗玛峰屡次登顶的登山运动员，到了生命的晚期，可能连30厘米的台阶也征服不了，但人们只会记住他登顶的雄姿，而不会嘲笑他力不能穿鲁缟。

楼道美人和烧饼西施

在我记忆深处，有几个与爱有关的美女子，被时光的筛孔挂住，历久不去。

第一个是关于"楼道美人"的故事。

话说20世纪80年代，山东师范大学中文系宿舍区出现过一位气质脱俗的女清洁工。当男生们打听得知她尚未"有主"时，竟然集体暗恋她。大家经常貌似无意地从她身边走过，彬彬有礼地同她打招呼，或者走近时暗暗地看她几眼，更有许多人为她写下了不朽的情诗……

第二个是关于"烧饼西施"的故事。

话说21世纪之初，某大学校园旁那条以为师生服务为主的小小的商业街，不知从什么时候起多了一个卖烧饼的摊档，人们更惊喜地发现，在烧饼摊旁操持的是一位年轻的美女子。一时间，许多男生都变得爱吃烧饼了。他们在买烧饼时或站着等煎饼的过程中同这位"烧饼西施"说句话，有的干脆站在摊档旁边吃，口里嚼着烧饼，眼睛却在享用着眼前美景。

第三个故事是关于"采叶姑娘"的。

我们大学四年级时，先后到三个地点实习，其中第三个地点是海康县（现雷州市）杨家林场。我的一位同学爱上了一位"采叶姑娘"。花前月下，他们之间偷偷互诉衷肠。

据了解，林场里属"职工"编制的人有严格限定，而职工的家属子女也可以参加劳动，按劳取酬（他们连"临工"都算不上）。该林场专营桉树生产，日常大量劳务，是用钩镰钩取桉树叶，用来提炼香油精。"采叶姑娘"就是其中一员。

为了这位采叶姑娘，我的同学打算毕业分配时申请到这个林场当技术员（当时对主动申请到生产一线基层工作的做法，校方是鼓励和支持的）。没想到风云突变，他的愿望一夜间成为泡影，因为他被选中分配去云南支援"三线建设"，这个爱情故事刚写了开篇就打上了句号。

这三个小故事之所以长久"挂"在我记忆的"筛孔"上，有其特别的原因。

其一是那种完全不带功利的纯洁的爱情观。大学生爱上了世俗观念中认为从事低贱工作的女孩子，单纯得可爱。

其二是，美女子在世俗眼光认为低贱的岗位上，坦然自处成为自食其力的劳动者。她们的美，是一种清水出芙蓉、天然去雕饰的美。

基于以上原因，近年来我发现这一类的"风景"是越来越多了。

有一次，我在报上看到，杭州西湖为客人划船游湖的"船娘"，都是大专毕业以上文化程度的年轻女子，她们不但样貌清纯、仪态端庄，且显示出知识女性的优雅气质，兼作导游，所讲解内容引人入胜。

近日看微信，见一年轻女子从事敬老院护士的工作，正在为一位躺着的高龄老人洗澡。老人的苍老与护士姑娘的青春美态，形成鲜明的反差。老人大概有点失智，对于洗澡显得不耐烦，对姑娘的服侍颇为不配合；但姑娘却是耐心细致一丝不苟地替老人操持，不是亲人胜似亲人。

这一切景象的出现，与社会风气净化有关。

过去有所谓"吃青春饭"、凭脸蛋做"花瓶"的现象，于今普遍被认为不光彩；而职业无分贵贱已形成共识，以造福社会服务他人为荣为美。

每个人都可以让自己的青春留下美好的回忆，不负芳华，不负时代。而千千万万甘于平凡的普通劳动者，正用行动抒写着一章章动人的赞美诗。

两则有关自尊的小故事

　　自尊，按词典的解释，是"尊重自己，不向别人卑躬屈节，也不许别人歧视、侮辱。"

　　自尊才能自重，自尊才能人尊。

　　在我的经历中，见到过一些与自尊有关的小故事。

　　2007年前后，我在位于禅城区新风路的"文艺大院"居住。大院有过几任清洁工，其中一位姓欧的女工，30多岁，外地人，操粤西口音。

　　那一年春节期间，年初六上午，我在院子里散步，见小欧在篮球场边的一角整理成堆的利是（红包）封。那一堆利是封看上去有几百上千。

　　何来这么多利是封呢？我好奇地走过去同她搭讪。

　　小欧是个性情非常和善的人。她微笑着对我说，是在大院附近的垃圾桶里收集来的。原来，附近有一家狮艺武术馆，春节期间分成几个小分队，天天四出舞狮拜年，几天下来收到的利是有好几百。他们将钱掏出来后，将空利是封全部倾倒到垃圾桶里。

　　勤劳的小欧小心地将利是封全部收集回来。在她想象中，可能会有个别利是封里的钱漏掏了的。她在做完清扫活后，坐在篮球场边一角，耐心地在一个一个封套里"翻检"。她说，即使翻检不到钱，空利是封还可以当废纸卖。

我很感兴趣地问，有收获吗？

她脸上漾起了开心的笑容，扬起一张崭新的一元纸币，说捡到一元钱。她一边说着，一边手不停地逐个在利是封中寻找新的希望。

一元钱，在常人看来是个微不足道的数目。但这意外的收获，有时却能为一个人带来心灵的愉悦。

以往我也有同小欧闲聊。据她说，她夫妇俩都从乡下到佛山来打工，身边还有一个读小学低年级的儿子。她说这份工作是没有工资的，相反还要向居委会缴纳"管理费"，才能取得"上岗"的资格。她的收入，靠每月向每户收取7元清洁费。她说，除了交管理费，自己可以得到1000多元。

大院共8座楼，还有几千平方公共场地，每天清扫两次，任务量很大。我感觉这份报酬太低了点。

小欧说，不低了。因为每天还可以从垃圾中捡拾到许多废纸箱塑料瓶之类，一个月下来能卖几百元钱。"我家现在用的家什，全是从住户丢弃的旧物中捡到的，有的还相当新，只不过款式上是旧了点。前几天还捡到一张小书桌和小靠椅，正好给儿子用"。她在说这一切时，脸上洋溢着喜悦与满足。

平常我也能感受到她对这这份工作很满意。她丈夫有时休息，还来帮她一起清扫。一年到头，她都不能休息。休息了，大院卫生没人清扫了。

过了些日子，一天傍晚，我们正在吃晚饭，她挨家挨户收清洁费。

收清洁费，她从不踏进别人家一步，总是站在门外，很有礼貌、轻轻地说："麻烦交这个月的清洁费。"

我立即拿出一张10元纸币，走到门口交给她，说，不用找零啦。

她没有言语，从手上拿着的一叠钱中抽出3张1元钱递还给我，说该收多少就收多少。说着还撕给我一张收款的小票。这时，我看见平时显得很随和的她，脸上有一种执着的尊严。这份尊严是不容亵渎的。

另一件事发生在为我母亲请的一位保姆身上。

我母亲在87岁高龄以后，生活不能完全自理，于是我们兄弟姐妹为她请保姆，照顾日常生活。其中有一位40多岁，我们称她秀姐。据说她做过代课教师，后来因为未达到上岗资格，改为出外打住家工。

我和秀姐聊家常，问及她以往的经历，是否做过保姆？

她说在几家做过。有的因为老人去世了，有的因为老人去了跟子女住，所以才又换主家。而在刚辞工的一家，则是因为人格受到侮辱而离开的。

有这么严重吗？我很想知道事情的原委。

秀姐说，那户人家是一对30岁左右的夫妇，秀姐的任务是每天接送上幼儿园的小孩，兼买菜、做饭、洗衣、搞清洁。工资不算低，每月2000元，包食包住。

入职第三天，秀姐在搞卫生时，发现餐台脚靠墙边角落有张100元钞票。她心里咯噔一下，想，莫不是主人试探我手脚干不干净？但怀疑不等于事实，她将钱捡起，待女主人下班回家时交还给她。

后来的一天晚上临睡前，女主人突然问秀姐，有没有见到她的金项链？她说是洗澡时挂在浴室挂衣钩上的。秀姐心里又咯噔了一下，坚定地说，她洗澡时清楚见到挂衣钩上没有金项链。

这时，秀姐看见女主人的目光带着疑惑。

几天后，她看见女主人脖子上戴着原先的金项链，于是问这是怎么回事？

女主人竟然说，金项链不知怎的跑到挎包里了。其实，应该是女主人将项链放在包里，记错了洗澡时挂在挂衣钩上。

这句话刺痛了秀姐的心。女主人明明是自己记错了，怎能平白无故怀疑别人呢？

她当即愤愤地提出辞工，连夜结清工钱，搬离了主人家。

这两则小故事，都在我内心深处产生了不小的震动。它使我明白到，人格尊严之于一个人，往往重于生命；人格尊严，与尊卑贵贱无关。

诗人北岛诗云："卑鄙是卑鄙者的通行证。"我从现实生活中，在书本、影视作品里，见识过许多仗势欺人或为富不仁者的卑鄙。但在草根百姓中，我更多地见到的，是一种人格尊严和人性的光辉。

把第三张脸"修炼"得漂漂亮亮

一次,一位在某中学任教的朋友带着几位学生到我家做客,说是想听我讲讲过去的经历。我想,青少年都是喜欢听故事的,那么就讲几个与书法有关的故事吧。

第一个故事是"撞开文学门"。我大学毕业后,接受国家分配,去到云南省从事森林勘察规划工作,单位驻在下关市(现大理市)。1973年,下关市文化馆成立首个文学创作小组,当时通知我单位的青年诗人舒宗范去参加。由于舒正好出差,于是单位领导将开会通知书交给我,嘱我代舒去开会,听听"精神"回来向领导汇报,于是我列席了会议。那次到会的,都是市内各单位在文学创作上有一定成就的年轻人,唯独我是一个"白丁"。散会后,主持会议的白族著名作家那家伦老师见我面生,嘱我留下姓名、单位地址和联系电话,于是我在一张登记表上填写了。那老师拿起来一看,说:"你的字写得又漂亮又工整,你愿意参加文学创作小组吗?"我说我当然愿意,不过我不懂文学,也没发过作品。那老师说不要紧,不懂就学嘛。于是我成了这个小组的"末位"成员,走上了文学之路。就这样改写了我的命运,一步一步走到了今天。这件事正应合了小说家、出版人蒋一谈的一句话:"时间是瞬间的,而某一个瞬间很可能改变人物的选择和命运。"2015年春,我当年的师兄彭怀仁先生写了一篇1万多字的纪实文学《回报》,记叙了他与我40多年的友情,一开头就讲了我"撞进文学门"这件事,该文刊登在我家乡出版的《梦里水乡·百合文艺》上。

第二个故事是从《抗日战争回忆录》上看来的。作者青年时作为一名地下工作者,奉上级命令要穿越日寇封锁线给在白区的地下党传递重要军事情报。那时的封锁线,莫说是人,连信鸽都飞不过。怎么办呢?按上级安排,由一位少女特工扮作情侣陪伴他。他们穿戴得非常时尚,双双来到城门外布满刺铁丝的第一道关口,立即被一排上了刺刀的日军拦住。一名"兵头"上前,喝令他们把随身带的一个藤箱打开接受搜查,他俩不慌不忙将藤箱打开,只见最上面摆着一封信,信封几个刚劲潇洒的毛笔字,写着"面呈迟田大佐长官亲启"。士兵被这几个字吓住了,立即向军曹做了汇报。军曹走近一看,情知来头不小,心想如果这信是真的,得罪了大佐对自己不利,于是"宁可信其有",立即示意士兵放行,并嘱士兵恭恭敬敬地将二人送过把守严密的城门。

历史上说:"一人之辩重于九鼎之宝,三寸之舌强于百万之师。"上面这件事,体现了刚劲潇洒的一行字,镇住了杀人如麻的凶残日寇。

第三个故事是我的亲历。20世纪90年代初,一位年轻朋友打电话给我,说在求职时遇到"难关",要我火速前往"增援",我立即去了。一看,原来是招工单位鉴于现时年轻人大多缺乏书写能力,字写得太差,要求求职者必须当面亲笔填写求职表格以便验明书写能力。当时求职者很多,场面比较乱。我朋友悄悄地跟我说,让我混在求职人群中帮他填写一下,用我的字帮他过关。我当即对他说,别的事可以帮忙,这样造假的事不可为,拜拜。由于朋友的字写得差,求职终告失败。

有一位名人说过，人有三张脸：一是本身的脸，二是头发，三就是写的字。想想，这一讲法很有道理。古代仕女，是极其注重头发整饰的，《木兰辞》上就有花木兰"当窗理云鬓"的描写。而每个人写的字，其实也代表了一张脸。字写得好，常常令人刮目相看，大加赞赏；相反，有些"明星"，徒有一张漂亮的脸蛋，但他（她）的"第三张脸"却叫人不敢恭维，有时应邀题一句词，或给人签名，其字像"离土的蚯蚓"一般，难看极了。因此，我想，每个人的第一张脸和第二张脸，是爹妈给的，难以改变。但是，我们却可以通过自己的努力，练好书法，将自己的第三张脸"修炼"得漂漂亮亮的。

爱上中国

艾莉斯是一个金发碧眼的美国姑娘，正在英国皇家学院学习。英国皇家学院是世界上唯一一所培养研究生的艺术与设计大学。

艾莉斯还在中学读书时，偶然得到一本《马可·波罗游记》，那是意大利旅行家马可·波罗跟随父亲和叔叔，在中国游历了17年，回国后写成的一本书，书中记述了他在东方最富有的古国——中国的见闻。艾莉斯回忆说，也许就是这本书改变了她的一生，她决定要到英国皇家学院进修艺术史。同时，她决心在学业有成之时，一定要到仰慕已久的东方古国，探寻那里5000年光辉灿烂的文明史。为此，她特意兼修了汉语言文学课。

1986年，艾莉斯来到佛山，得到佛山外事侨务办和文化部门的热情接待。接待人员首先带她去参观祖庙。在祖庙，她按照中国人"入乡随俗"的风俗习惯，首先去参拜佛山人的守护神——北方玄天大帝——北帝。当她听接待人员说，北帝铜像铸造于500多年前，重达5000余斤时，惊讶得连连竖起大拇指。随后，她又参观了具有300多年历史，广东现存最古老的古戏台——万福台，看了台上正上演的地方戏——粤剧，连连说："我好像回到了古代！"接待人员又向她介绍了灵应祠顶部的瓦脊艺术，告诉她那是用石湾陶塑表现历史典故和戏剧情节；又介绍了灰塑、砖雕……及至介绍到铁铸古炮，告诉她："虎门古炮台抗击列强船队，使侵略者闻风丧胆的巨炮，同这古炮一样，都是佛山铸造！"艾莉斯说："原先我只知道佛山人在经商和创造民间艺术方面的智慧，现在我知道了，用中国话说，这叫智勇双全！"艾莉斯跟随接待人员流连于各殿宇间，听着一个个神话般的真实故事，忽然有所感，说："如果说香港是东方之珠，那么祖庙就是东方艺术之宫了！"

第二天，接待人员带艾莉斯去参观佛山民间艺术研究社。参观祖庙时，她显出庄重、肃穆的神情，而在民间艺术研究社，她天真得像个小姑娘，新奇、巧夺天工的地方工艺使她忘记了少女的矜持。

让艾莉斯最感兴趣的，莫过于民间艺术中的仿真艺术了。接待人员先将艾莉斯带到一座巨型石狮面前，让艾莉斯猜测，这石狮到底有多重？艾莉斯略一思索，说："起码有两吨多重吧！"只见接待人员双手轻轻一抱，就将"石狮"抱了起来，这让艾莉斯顿时感到自己是产生了幻觉。接待人员立即"解密"说，这只不过是一种纸扑艺术。接待人员进一步解释说，纸扑艺术最初发端于供秋色巡游和供展览欣赏，后来发展为实用工艺品。我们在观看舞台演出或影视作品时，里面出现的蜡像、庭园装饰工程、坛坛罐罐器皿，以至一切演出道具，无不是纸扑工艺品，特点是造价低廉、重量轻、方便运输、不易破损等。但是视觉效果与真品丝毫不差，甚至胜于真品。从20世纪70年代起，珠江电影制片厂影视摄制过程中的许多道具和布景，就是由佛山生产的；中山市孙中山先生故居博物馆的一些造像和陈列品，也是秋色艺人照历史原样"克隆"出来的。现在，仿真工艺品又从舞台、屏幕上回到现实生活当中，用于居家美化，或者宾馆、酒楼、商铺的装饰，除供应国内，还远销海外。

每到春节，珠三角的百姓，及各酒楼茶馆，都有在厅堂摆放应节食品以增加喜庆气氛的习俗，例如煎堆、油角、糖莲藕、发糕、芋头糕等。因用真品摆放容易受污染，摆放时间过长又会变质，仿真工艺品应运而生。在各类楼盘的样板间、酒楼大堂，往往能看到最新样式的仿真水果、美食佳肴、花鸟虫鱼点缀其间。如果用真品，不但易腐，看着不美观，且经常要更新是一种浪费，也很麻烦；用仿真品，千日不腐，永葆光鲜。

艾莉斯像在听天方夜谭，但眼前的实物令她不得不信服。她忽有所悟，说："昨天我们在宾馆食街见到的覆盖着玻璃纸的食品样板，应该就是这里造出来的呵！"

接着，陪同人员带艾莉斯参观何信师傅用凉粉造的塘虱鱼。随着盆水的轻轻振荡，只见那"鱼"在水中游来游去。艾莉斯有点不明所以，睁着一双疑惑的大眼睛，似乎在问：让我看这样一条鱼有什么意义？陪同人员让何信师傅当着艾莉斯的面再"造"一条，然后放进水里，"鱼"即时"活"了起来，这回艾莉斯明白了，拍着手惊叫道："呵！师傅一双巧手，能赋予凉粉生命！"

一天的时间实在太短了，第二天、第三天，艾莉斯依然来民间艺术研究社，感受这里的秋色扎作、佛山剪纸、玉雕工艺、园林石山造型、墨鱼骨雕、交趾陶制作……她说："这里是一个民间艺术的宝库，穷尽一生学不完！"

不久以后，在美国的报刊上，出现了许多介绍佛山民间艺术的文章，随后又有许多华裔青年组团开展寻根之旅，佛山民间艺术研究社成为他们必到之地。

艾莉斯在日记中写道："透过佛山，我看到了一个勤奋、务实、充满智慧和创造精神的民族。在这里，每天都有奇迹发生……我已经从心底里爱上了中国！"

长错地方的树

搬家前,从我家阳台望过去,不远处是一间砖混结构的民房。看来房主人并非在此屋常住,只是偶尔回来修葺一下、搞搞卫生。

一天,我偶然望见,这间民房南向墙头长出了一株小叶榕,高已盈尺,干也比手指粗,估计它生长已有些年月了。因树在墙头屋顶,估计房主并无发现。

过了一年多,这棵"墙头树"更大了,有一公尺多高,且生势非常旺盛。估计是有人向屋主人"报信",屋主人搬了梯子,要对这株"不请自来"的榕树"兴师问罪"了。

这里得有必要补充解释一下,墙头为什么会"野生"出榕树,屋主人又为什么必欲除之而后快?

鸟雀很爱啄食榕树结的籽实,"果肉"部分消化了,但果核(种子)是不能消化的,于是随着鸟粪排出。不论鸟粪落在哪里,种子就播到那里,就在那里发芽、生根、长叶……人们称它为"飞榕"。

榕树的生命力是极强的。我见过一株"飞榕",长在近十层高的一个墙体上，它的主根沿墙角而下，一直到达地面，再向下水沟延伸。飞榕根系的穿透力极强，当无限繁衍增粗，甚至会使墙体爆裂，会直接危害建筑物的安全。

如果飞榕是长在别的树木的枝丫处，它也一样迅速生长繁衍。十年八年后，飞榕的枝干与根系会将整棵"寄主树"包围，使之枯死，植物学家将这种飞榕称为"绞杀树"。云南德宏州芒市郊边，有一株巨榕甚至将一座佛塔包裹住，形成了"树包塔"奇观。

由于飞榕具有这么大的破坏力，这是我邻居家主人必欲将它除掉的原因。

开始时，我看见邻居屋主用刀、用锯将飞榕斩断，将露于墙外的树根去除，以为这样一来就免除了后患。

殊不知，过了一年半载，这飞榕又卷土重来，非常强势地又长出了新的茎叶，一个劲向高蹿。大概是墙缝里尚有一点余根。

屋主人头疼不已，我见他这一回还请来了"帮手"，不但用斧锯对付飞榕，还涂上汽油，点火焚烧它。按理说，已是"斩草除根"了。

但一年半载之后春雨一浇，飞榕又蹿出来了，并且这一回，冒出的新株竟是四枝！这一回屋主人除了"斩杀"，还用了水泥"封墙"，但还是无济于事……

面对这位邻居一次又一次对飞榕的围剿、扑杀，我感慨万千。需知，这株飞榕倘若不是长错了地方，人们对它呵护还来不及呢！

榕树四季常青，生势千姿百态，生命力和适应性强，以枝叶繁茂、树冠巨大著称，在南方各地村口、河旁、公园和风景名胜区广有种植，一棵树就是一个独立景观，仿如巨伞一般带给人们阴凉、清风和新鲜空气。我家乡有几株数百年树龄的古榕，被定为古树名木而严加保护。江门市新会区天马河边一株古榕，独树成林，树冠覆盖十余亩，吸引数以千计的白鹤、灰鹤以树为家，巴金在游记中称为《鸟的天堂》。"小鸟天堂"成为遐迩闻名的旅游景点。

　　由飞榕我联想到其他许多事物：即使再好的东西，倘若用错了地方，或者出现得不是时候，那么它不仅不受欢迎，反而会引起严重后果。比如音乐，本是能带给人高雅享受，有益健康、愉悦身心，甚至能治愈某些病症，使哭闹的孩子安静入眠，奶牛多产奶，植物果实得以优化……但倘若你的音乐影响了别人工作、生活、睡眠，那么就会受到谴责、制止甚至处罚。一群大妈在公共休息时间跳广场舞，其音乐滋扰了附近居民，居民再三劝告无效只好报警，最后不欢而散。

　　试想，生活中类似的事物还少吗？

遍插茱萸少二人

"遥知兄弟登高处,遍插茱萸少一人",语出(唐)王维《九月九日忆山东兄弟》一诗,意思是故乡的兄弟们身上佩戴茱萸香袋,在重阳节登高时,发现少了我这个远在他乡的同胞手足。笔者在这里是仿其意而用之。

2014年11月30日,南海儒林笔会举行盛大集会,纪念《儒林文荟》出版100期。会后所有与会者来个大合影。恰在此时,我接到一个电话,是一位文友开车远道去我家乡里水寻访滨水艺术长廊,问我路该怎样走?我得先问清他的车当时所在位置,他一下说不清,去问别人,问到了又忘了讲车的前进方向……如此这般折腾一番,待帮他弄清楚时,我冲下楼,见"大合影"的队伍刚刚散开,于是照片上少了我这个与会者。

还好,还有第二次机会。有人动议,创会会员来一张合影,于是来了"第二次集结"。事后我良久端详这张珍贵的照片,唏嘘不已:当年成立大会时,在场者洋洋二三十人,现今"硕果仅存"九人,怎不令人唏嘘？

后来和关苍元兄谈及这事，他的话让我的心"定"了许多。他说，其实真正"走"了的只有两人，彭敏玲和邓炘老师。彭属于意外，邓炘老师则属寿终正寝。其他人嘛，因各种原来未能出席而已。

前些时候读过一位名家的文章《减法年代》，内容说他进入六七十岁以后，亲属和有联系的朋友中，不时传来有人"走了"的噩耗，有鉴于此，令他不觉黯然。

我离开家乡里水赴边疆工作20年，归来后陆续向哥姐问起儿时认识的邻里街坊，或在镇上经商的生意人，竟得知当中许多人都已"走"了，我不禁感叹世事无常、人生易老。廿载光阴已然在众多户口簿上抹去几多芳名。

而当初上笔会"红船"的几十人中，历经28载，只痛失2人（当然，最好是整整齐齐全部健在啦！）反倒说明了这批人命途的坚挺了。

又想起了（唐）宋之问在《渡汉江》一诗中说的："近乡情更怯，不敢问来人。"古代通信条件差，久出归来的人近乡时，因为怕家中有不幸的变故，越近家乡，心情越紧张，连向熟人打听的勇气都没有了。

这两句诗非常巧妙而贴切地道出了白云苍狗的道理，因此流传千古。

20世纪90年代初，当时我所在《佛山文艺》编辑部曾两次邀请散文大师秦牧先生来禅城讲学。有一次在市电影公司会议室举行，听课者40余人。秦老师说，今天有40多人坐在这里听文学讲座，10年后你统计一下，依然与文学打交道者倘若尚有10人已经不错了。

我领会秦老师的意思是说，坚守文学不易。当时听课者几乎全部是年轻人，连中年以上者也少，更未见老年人，因此秦老师所指肯定不是人口"自然减员"，仅仅是指离队者多、坚守者少而已。

细想之下，这种情况属于正常。文学实乃非谋生之手段，连我在内也仅仅是业余作者而已。既属业余爱好，那么多变也就不足为奇。过去我曾工作20年之大理市首个文学小组，成立时虽人数不多，后来陆续有新鲜血液加入，到我离开大理时已不下30人之众。但时至今日，据学兄彭怀仁（白族）来信中说，依然在文学小径上攀爬者，实属寥寥。

究其原因，不外几点：

一是职业的改变。有的人从政或从商，肩上担子重了，需考虑的问题多了，无暇顾及"旧爱"。

二是兴趣的改变。有位文友，以往文章写得不错的，后来爱上了摄影，先后下重本购置各种高档器材，一有机会便携带长枪短火走南闯北捕捉佳景，早已与"笔"无缘。

三是变数使然。人生在世，命途多舛，不是每个人都那么幸运，有余暇吟风弄月的呀。有次我在路上偶遇几十年前的文友丁君，当年他是青年文学会会长。此刻我见他一脸沧桑，匆匆赶路，一看而知是为生存而挣扎。我忆起他的芳名已久久未在任何文章上露脸了。此刻与他闹市相遇，有点相对无言，只好问了一句："一直以来都好吗？"他苦笑了一下，搔了搔日久未理之发，说："我得赶路，有空再聊吧。"然后又迈开匆匆的脚步。

某日，我在书房里忙我的事，忽听老婆在房中兴奋地说："你看，人家八十高龄尚在写作！"我凑过去看，只见她在看一本叫《健康之路》的杂志，里面有篇文章《写作让八旬老人活得有滋有味》，说的是牡丹江市一位叫杨玉文的普通家庭妇女，以80多岁高龄的年纪写出了20万字的书《鬼子来了》。

老婆因何为这件与己无关的事感到兴奋呢？大概在常人的观念中，80多岁高龄的人尚能写作，值得庆贺且惊讶。

事实也正是这样。所谓艺术之树常青，这大概只是一种祝颂。世间上，有多少人能像粤剧泰斗罗品超，以93岁之高龄依然粉墨登台主演《荆轲》全剧？况且，能粉墨登台者，也未必能操控一支笔。

十多年前，叶问纪念堂在佛山祖庙揭幕。我以《佛山文化报》记者身份参与采访报道。仪式结束后，我单独采访了叶问之子叶准。采访毕，我请他给我签名留念。他满脸歉意地说，不好意思，手颤写不了字，说着从怀中掏出一"签名章"及随身带的蓝印色，给我盖了一个签名印。从他随身带印色这个细节看，证明他并非不肯给我签名，委实存在难处。那么当时他大约只有70岁。

所谓年龄不饶人、心有余而力不足。年事渐高，即使尊为毕生从事著作、蜚声海内外的泰斗级人物巴金，在写《随想录》时也十分困难，据说有时一天仅能写几十字一百多字。当然，到后来已失去书写能力了。更何况我们这些草芥之辈？

因此，任何人都必须体谅并理解"年龄规律"。

话又说回头。那天未能出席《儒林文荟》百期纪念会的，实在是各有各的原因。有的因公务在身无法分身；有的正外出旅游或出差，比如创作上一马当先的李永祥老师就正在欧洲旅游；也不排除有的偶有小恙不便出门；或因亲属、家务所牵绊……君不见，全国"两会"那么庄严神圣的会议，每年都会有那么几个甚至十来个代表因各种原因请假呢，更何况一个民间社团组织？28年后依然有9人挺立于阳光下笑对镜头，应该是不错了。更何况，28年来不断有新人加入，笔会比刚成立时更兴旺了。

老一辈著名散文家曹靖华在他的散文集《春城飞花》中有一段精彩的论述。他说，人总得有了基本生活来源，才有可能追求文学。他还谈到，当初他从事小教工作，别小看小教薪酬微薄，但却是他追求文学的最基本的保障。

是呀，人的基本生存权是第一位的。历经几十载依然能笔耕不辍者，无庸赘言，他（她）的基本生存权乃至"写作"所需要的各项条件都具备了，岂不幸哉？

"但愿人长久，千里共婵娟"。为祝为颂，幸甚至哉。

草坡晒钱与防弹车运钞

每天上下班时间,都能看见为银行服务的防弹运钞车。运钞车停在银行营业部门口交接钱箱时,必有两名身穿迷彩服的经警,持枪做好随时准备击发状把守在侧,双眼警惕地注视着每一个过往行人;另有两名经警尾随钱箱之后"贴身保护"。

每当看到此情此景,我都不觉感慨系之。因为我想起了一位长者对我说过他的亲身经历。

长者姓罗,是我原先工作单位一位副科长(他大约在20世纪90年代初退休)。他说,解放初期,他在农村信用联社一个基层营业网点工作,营业网点需要定期将现金送到指定金库入库。这个工作就由当时还是"小鬼"的他来承担。

当时他使用的交通工具是一辆旧单车,"钱袋"就挎在肩上。一天下午,他骑车经过一座简易木桥。木桥木板拼接处有一条缝,单车经过时前轮卡进了缝中。由于冲力的关系,使挎着钱袋的他一下子冲进了河涌里。身上的衣服湿透了不打紧,要命的是钱袋也进水了。

他狼狈地爬上岸，顾不上身上的湿衣，先关照好公款。一看，大部分钞票都湿了，他担心时间长了钞票会沾到一起撕不开，或进一步损坏，于是决定就在河岸草坡上"晒钱"。他将被水打湿的钱小心地一张张分开，摊在草坡上晒，然后才脱下外衣裤拧水、晾晒。

　　当时运送钱款数额有多少，他已记不清了，但可以肯定的是，在当时人们收入水平不高的情况下，那是一个"天文数字"。

　　他就那样静静地坐在草坡上，看守着地上的钱。其间不断有人经过。自然，路过的人都是他所不认识的。这些人始而惊讶于草坡上这么多钱，继而明白刚才发生了什么事，有的人还朝他笑笑表示打招呼。

　　他就那样一直"守"到钱晒干了，才一一收好，穿上尚未干透的外衣裤，沐着夕阳的余晖，重新上路。整个过程，平安无事。

　　时至今日，同样运钞，却是如本文开头所述。

　　这到底是社会的进步还是悲哀？

　　在上古时代，生产方式落后，生产力低下，那时基本没有私有财产，大家齐心协力狩猎、耕种，劳动所得大家分享。

　　社会越是向前发展，贫富悬殊就越明显。历史上许多次农民起义，都打出"均贫富"的口号，应者如云。

　　解放初期，打倒了土豪劣绅和封建地主阶级，分田到户，社会走上了由乱到治，百废待兴的阶段，政治清明、贫富差别缩小，社会风气为之一新，匪盗基本绝迹。

　　随着经济的发展进步，证明了"越穷越光荣"的一套是荒唐的，绝对平均主义也行不通。小平同志提出"让一部分人先富起来"，这是经济社会发展的标志之一。

　　在社会向前发展的过程中，必然会出现贫富差距拉大的现象。极少数人不走勤劳致富的正路，而妄想"挣快钱""一夜暴富"，于是铤而走险，孤注一掷。时有发生的打劫运钞车事件便由此而生。

历史的车轮滚滚向前，社会发展的趋势不可逆转。难道因为有暴力经济犯罪而重走"均贫富"、绝对平均主义的老路吗？这是不可能的。

　　我们可以做而且必须做的，是加强防范，提高防控罪行的水平和能力，确保国家和人民财产不受损失。总不能因为有匪患，就将社会推回到纪元前。

　　这里用得着一句老话："魔高一尺，道高一丈。"

有人问起我

2017年2月上旬的一天下午，刚下班，收到西樵文友陈旺弟发给我的一组微信，内容是一张旧照片和一段话："您有个同学找您，叶淡元，他的侄子叶照昌是我同学。"

旧照片旁有一段铅印的照片说明："《大学生当兵》1962年，国家首次在大学生中征集兵员，刘世贤同学（中）等一批学生光荣应征入伍。次年，他作为海南军区活学活用毛主席著作积极分子标兵到广州军区作报告，顺道回母校中南林学院（院址为现今广东外语外贸大学）探望师长学友并作精彩报告。临别，学院领导派学生会主席叶淡元（左）和我（右）送刘世贤归队。刘世贤特地向部队首长请假一小时，和我们沿街找照相馆，并在我们遇到的第一间很简陋的小照相馆里匆匆留下了难忘的一瞬。——何百源。"那张黑白照片上是三个人自左至右站立的全身相，依次为叶淡元、刘世贤、何百源。照片清晰如新，但印刷照片说明的纸已发黄。

这张照片和这段说明，勾起我一段温馨的回忆。

我在中南林学院（后改名中南林业科技大学）读书时，当时全校有4名学生分别是从南海石门中学不同届次毕业生中考进去的，分别是叶淡元、梁景辉、梁艺津和我。因为"师出同门"，我们四人不时会来个小聚。当时，叶淡元学兄是林学系学生会主席，而我是学院学生总会宣传部长。毕业后，他们三个都挺有作为。

我回忆了很久，终于想起了这张老照片的来龙去脉。大约在20世纪90年代初期，当年《南海日报》征集老照片，我感到这张照片挺有意义的，于是写了一段照片说明投寄过去，刊发了。很可能是叶淡元或是他的亲属看见了，将报纸珍藏起来了。

收到陈旺弟微信的当晚，有人打电话给我，来电人自我介绍说，他叫叶亮元，是叶淡元亲弟，当年也在石门中学求学，是低我一届的学生。他在电话中告诉我，他哥叶淡元大学毕业后，分配到广东省林业科学研究所，工作很有成绩，后因病于2009年不幸去世。叶亮元的儿子叶照昌在西樵某国企工作，与当今西樵文学协会会长陈旺弟是高中同学，爱看文学作品，他知道何百源与其伯父叶淡元过去有过照片上的这一段友谊，因此比较留意何百源的作品和微信，并将微信上何百源的一些照片转发给父亲看，这就使叶亮元萌生了要联系上何百源的愿望。

叶亮元和我在电话里聊了约半个钟头，谈话内容已浓缩了各自半个世纪以来的人生境遇，使人油然而生感慨；人生若梦，兜兜转转总相逢。

我对朋友说起这事时，说：人生履历千万别造假，要经得起时间和世人的查考，否则无法还原这个"圆"。

我忽然又记起埃及作家阿里写的微型小说《一个老人的问题》，在这里我用极简练的语言概括作品大意：一个衣衫褴褛的老人习惯光顾一间小酒馆。每一次，他都向酒馆伙计打听："有人问起过我吗？"但一次又一次得到的答复都令他失望，于是就要来酒，借酒消愁，并且饮酒的量一次比一次多。最后一次，这时老人已相当衰弱了。他喝完酒，颤颤巍巍地扶着桌子想站起来，但连同桌子倒下了。伙计赶忙奔过去，两眼涌着泪水，哭着说："最近好像有人问起过您，爸爸！"至此，我们才惊觉，原来酒馆伙计竟然是老人的儿子，而前几次，他对老人的态度，就如同对一个陌生人。

整篇小说中，有一句话反复出现："有人问起过我吗？"

这体现了一个人是多么渴望有人问起自己。

原来，有人问起自己，也是一种幸福。

古戏台

有两张互不相干但潜意识上有着丝丝缕缕连属的照片，是那样深深地打动了我。

一张是20世纪80年代我在一份杂志上看到的。画面上是一个乡村古戏台子，戏台上有几位古装打扮的演员在卖力地演戏，台下只有两名观众，是两位上了年纪的乡民。按理说，看戏应该是面向戏台而坐，但这两位观众却是侧身对着戏台，面对面席地而坐，像是在"闲话桑麻"。照片下的说明写着：这是台湾地区某山区农村的社戏，戏班由村公所请回来。仅剩的两名观众在等待戏的结束，因为村公所有规定，凡是能看到全剧结束的，可以到村公所进食免费的晚餐。

另一张照片是刚刚从网络上看到的，也是一个乡村戏台子（地点不详），台上有两位古装将相人物在演戏，台下只有一位观众，他坐着自带的马扎，撑着伞在看戏，地面铺着厚厚的雪，显然当时正在下雪。照片说明写着：一位老人在雪地上打着伞看戏。

我为什么会被这两张照片深深地打动呢？

上一张照片，是因为演员对艺术的执着打动我。台下只剩两个观众，并且很显然，他们无心欣赏你的艺术，只是在等待那一顿免费的晚餐。但是演员并不因此而有所懈怠，依然努力地做好一招一式，唱好每一句唱词。

而第二张照片则更令我感动，台上的演员固然演得认真，而台下这位老人，独自一人打着伞坐在矮马扎上认真地观赏，全然不顾簌簌而下的飞雪和脚下厚厚的积雪。

常识告诉我们，生活中，新生事物的出现与旧事物的消亡，似乎是无法逆转的规律。有人统计过，几十年间，不知不觉中从我们身边消失的行当已达几十种之多。

而作为地方传统戏曲，虽然历史悠久，但它却不同于其他的"旧事物"。传统戏曲，通常情况下具有非物质文化遗产和地域文化的属性。尤其是其中的佼佼者，比如京剧，还被称为国粹。以我的理解，各国（各民族）之间文化的差异性，是通过其艺术个性表现出来的，地方戏曲，就是一种独特的艺术形式和文化符号，同时也是让我们记住乡愁的极好形式之一。一句话，戏曲是中华文化的瑰宝，传承着中华民族活态基因，地方戏曲也是一地文化之标识，承载特定地域文化记忆与文化审美，在人民群众的文化生活中占据着重要地位。

同样是地方戏曲，有些地方消亡的速度比较快，有好些地区的"天下第一团"，就是一个剧种只剩一个团，平常没有演出活动，只是有特别需要时，临时凑合"班底"，作一两场"非遗展示式"的演出。

毫无疑问，作为优秀传统文化的代表之一的地方戏曲，是应当努力继承和传扬的，这需要地方政府和宣传文化部门的大力扶持和政策激励，尤其是"培养年轻观众"的工作更不可少。没有观众，也就没有地方戏曲的生存空间。

据了解，珠江三角洲各地在鼓励和支持地方戏曲发展方面是比较出色的,许多"新生代"的戏曲爱好者已经培养起来,不但爱看,而且参与演出实践。每逢民间传统节令,尤其是春节这样隆重的民间传统节日,各剧团下乡演"春班戏"依然十分火爆,更增添了传统节日的喜庆氛围。

回复到本文开头的话题,这两张照片之所以深深打动我,在于照片内容所反映的地方戏曲顽强的生命力,他们是传统戏曲的"火种"。有一位戏剧家说过:"只要台下还有一名观众,我就不会停止演艺生涯。"

我从他们身上,我看到了作为非物质文化遗产地方戏曲生存发展的希望。

而与上述两个古戏台所反映的情形相反,近年来在戏曲界发生的一些新事物,让人看到了戏曲艺术再度"扎起"的新希望。

一个例子是青春版《牡丹亭》的成功,"进入新时期以来,从来没有哪一部戏能够像青春版《牡丹亭》收到如此持续、如此广泛的关注与追捧,并成功地使昆曲艺术重回主流媒体视野、重育大批青年受众。"

另一个例子恐怕就要数粤剧《决战天策府》了。它是由广东粤剧院出品、广东粤剧青年团、广东粤剧院一团参与演出的一部新编粤剧,剧中讲述"安史之乱"期间,天策府统领李承恩(彭庆华饰)率军勇战叛军、力保大唐江山的故事。家国江湖,儿女情长,可歌可泣,荡气回肠。据悉,该剧取材自3D武侠网游《剑网3》,在此基础上改编创作,是粤剧与网游的跨界结合。

该剧于2015年1月24~25日在广东粤剧艺术中心首演,同年8月22日、23日全国巡演首站在广西南宁剧场开启,均受到高度评价。8月28日在珠海横琴酒店演出,受到全场一千多观众欢呼。嗣后进入上海演出(也就是说,粤剧进入不同方言区演出),同样大获成功。一位80后的京剧院编剧饶晓在观看后,著文高度赞扬了这个戏。他写道:"粤剧《决战天策府》忽如西南风,长驱入上海""出彩""刷新世人对戏曲'新编戏的看法'""度过了一个鼓掌数十次的愉快夜晚""白发苍苍的老人家也看得津津有味，年轻人就更不必说"……

　　有论者指出："戏曲艺术今天面对市场所出现的困境，或许更应该将其理解为承前启后阶段的困惑。需坚信，只要戏曲艺术坚持主体意识，自我认同，自我尊重，不急功近利，努力将精髓普及给大众，将精品奉献给观众，粉丝会越来越多，受众面会越来越广，票房也会越来越好。"

朋友有三种

人活于世上，无论尊卑贵贱，总会有一些朋友。

有人说，一样米养百样人，有多少朋友，就有多少种类。而我认为，只有三种。这就是：益友、损友、无害的朋友。

益友就是，当你取得成功时，欣然同你分享；当你危难时，毫不犹豫地出手相助；当你行差踏错时，诤言相劝。

损友就是，伙同你去干坏事；或者怂恿你去获取不当得利，或者仅仅是认为交上你这个朋友有利可图。

无害的朋友就是，交往有度，处事有原则，彼此之间能感受到友谊的温馨。尽管对方可能会有这样那样的问题或毛病，但不做损人利己的事。

生活中，每个人都希望多交益友，但益友总是求之不得；不是每个人都懂得远离损友，尤其是当你其身不正时，或者你本身就需要伙同"同气相求"者一起去营营苟且，这时候损友就会找上门来。

我认为，朋友者，无害即有益。

如果你本着从别人身上获取好处去交友，那么肯定很难交到真正的朋友。万一"朋友"并不能如你所愿、不能给你提供什么好处，那么"友谊"也将不复存在，甚至会闹出意见纠纷。

古人说：君子之交淡如水。生活中，不是每个人都可以成为朋友。您想交上益友，首先就要成为别人的益友。

作家的名在作品里

一

巴金说:"作家的名在作品里。"

通常,我们提到某位作家时,熟知的不是他(她)的年龄、籍贯、学历、经历,而往往是他(她)的作品,以及作品里的人物;熟知的是他(她)的人品、文品。

没有一个作家不是因作品而成名的。

二

一位著名作家说过:一个作家(或作者),不可能做到每篇作品都好。

这句话也许反映了客观真实情况。毕竟,精神产品不同于物质产品,不可能每件都打上"优质"的标记。

但是，具体到每一位作者，却应该对自己说："要让每一篇作品都好。"尽管是这样，遗憾仍然不可避免。

偶读某作家的一个中篇，感到空泛、不真实。后来竟有很长一段时间，每见他的作品，都信手翻过去，引不起读兴。直到很久以后，才重新认识这位作家的作品。俗话说："一次足可坏了胃口。"如此而已。

真实，是作品的生命。不论散文抑或小说的真实，都包括生活真实、艺术真实两个方面。

有时，一个细节的失真，会使整个作品失去可信性。相反，有时读到一些朴实、真切、如清水出芙蓉、天然去雕饰的文章，即有一种如饮醇醪的感觉；还有时仅仅因为一篇文章，便将作者记住了。

三

请不要误解，真实，不等于自然主义，不等于照搬生活。有些小说，你明知生活中不可能存在那样的事，但你对它的情节仍然坚信不移。你甚至会赞叹："比真还真！"是呀，"人类失去想象，世界将会怎样？"具有艺术真实的作品，能高度概括生活而又高于生活的作品，更具有艺术的穿透力。

四

作家应该是既精明又糊涂的人，既成熟又幼稚的人。精明，是指在艺术创作上、对人生、对事物的深刻理解上；糊涂，是指对待功利问题上。成熟，是他的思维；天真，是他的心灵。他应比别人更容易高兴也更容易掉泪，他对世间一切事物都保持浓厚的童真般的兴趣。

这几方面，正是相辅相成的。

聆听智者

2014年5月10日,中国作协会员邓文初先生请客,约我吃午饭。我得知值得我仰视的梵杨、杨光治、吴茂信都在被邀之列,欣然赴约。

邓文初曾任南海县委副书记、县政协主席,被誉为写透了岭南水乡风物人情的小说家,先后出版过十多部个人文学著作,其中有长篇4部。他是一位非常看重文友情谊的人。倘有机会,便会邀约三五旧友新知谈诗论文。

梵杨是广东文坛的名人,当年86岁了,依然谈锋甚健,机智幽默,妙趣横生。他较早期的长篇《瑶家寨》和中篇《罗屋村》风行一时,小说《映山红》、《旅伴》以及诗集《不落的星辰》被译介到国外。由于他解放后有较多时间在我家乡工作(他解放初在南海县里水一带工作,1983—1986年以广东省文联组联部长身份挂职南海县委常委兼大沥区委副书记),堪称半个老乡,与我共同话题较多。

杨光治是国务院特殊津贴专家、花城出版社原副总编辑、编审,其作为诗评家、诗人的身份,在国内有一定影响;他的杂文见解独到、激浊扬清、文风泼辣、言辞犀利，常使人产生振聋发聩之感。早些年，他常应邀到佛山来出席文坛的活动，我多次聆听他的精彩论述。吴茂信退休前是广州市政协秘书长，曾在省文联任职，兼任《南国》文学杂志主编，著作颇丰，获奖无数。

在这些重量级人物面前，我等只能充个小字辈。按照前人"上帝给我们两只耳朵一张嘴，是让我们多聆听"的教诲，我很珍惜"小范围"聆听师长倾谈的机会。

他们的谈话，第一个特点是信息量大，对当前国内、国际政坛大事都有精辟见解。不过，在座的都是"文人"，很自然又回复到"在文言文"的话题。

杨光治说，有一次他应邀在山东师范大学讲学，在互动时间，有学生问："有人说广东人没文化，您怎么看？"杨光治轻巧地回答："听到过'海上生明月，天涯共此时……'这一名句吗？它出自张九龄的《望月怀远》一诗。打开《唐诗三百首》，第一首就是《望月怀远》，张九龄就是广东韶关曲江人，唐开元名相之一。"简单明瞭的回答，使举座为之瞠目。

杨光治说："许多人认为，对于一个国家来说，落后就会挨打。我认为此言差矣。应该是腐败必然挨打。你看看，宋末朝廷腐败，败给了没多少文化的元；清末朝廷腐败，导致列强妄图瓜分中国，将种种不平等条约强加在中国人民头上……落后固然不好，但与落后相比，腐败是更危险的因素。"

毕竟是私人聚会，也并非总是聊沉重的话题，当中也穿插一些文坛轶事。杨光治说到，解放初期发表作品稿费很高，每千字13元。"你知道13元是个什么样的概念吗？足够一个人一个月的生活费啦！"

梵杨虽是86岁高龄的老人，但精力充沛、步履矫健，思维敏捷，记忆健旺。我寻思，这是他年轻时经受了南（海）三（水）花（县）游击队锻炼的结果。对我这个来自里水的"小老乡",他尤其喜欢回忆在里水的岁月。他说:"1949年11月,我21岁,任里水粮工队队长,隶属于南海县支前指挥部,负责征收粮食支援前线。当时农民生活苦呀,有一次,湖洲村的农民来到队部,扑通一声跪下,哀求不要再征他们的粮,否则就要断炊了……我们都被深深感动了。"……目前,梵杨以接近九秩的高龄,正在写一部反映改革开放带来神州巨变的长篇,已写到第12章。

鲁迅先生提倡"文人宜散不宜聚",反对"群居终日,言不及义"。我理解鲁迅先生的意思是,对于一个作家来说,他的社会责任是创作作品,这是一项需要耐得住寂寞、个体性很强的劳动。他尤其见不得整天聚在一起胡吹海聊而不务正业的文人。

但话又说回来,"宜散不宜聚"不等于笼统反对一切朋友间的小聚,只要言而及义,达到相互沟通信息、相互促进的目的,偶尔小聚还是不错的。

对于我来说,有机会聆听智者,实在是求之不得。

在医院门口

世上没有一个人会不生病，因此每个人都会去医院。不生病的人也会去医院，因为需要陪护、探视生病的亲友。

我偶然也会去医院，是靠近住处的那一家三甲医院。

不知为什么，每次去医院，所见所闻，都使我产生许多感触。也难怪，人的生老病死，都与医院有关。

就说说我在医院门口所见所想吧。

有一天上午 10 点多钟，我看见一位 40 来岁的男子，用轮椅推着一位老人出来。看样子，老人是男子的父亲，大概是看完病、打完针，要回家了。

老人大约 80 多岁，看得出，病得不是很严重。他坐在轮椅里，目光是呆滞的茫然的，仿佛对这世界的一切都很陌生。

儿子对他呵护有加，不时弯下腰来扶护父亲。

在医院门口，儿子将轮椅停下，焦急地向左首方向注视，我明白他是要招一辆出租车。

10点多钟，正是病人看完病离开医院的时间，等着要车的人很多。儿子一边要照顾好父亲，一边要"找车"，显得有点狼狈。于是我走上前，对他说："是要截车送老爸回家吗？我来帮你。"

做儿子的明白了我的意思，显出非常感激的样子。于是我走到离医院门口比较远的地方去截出租车。原先坐在车上的乘客很友善，愿意提早一点下车，将车让给我。我坐上了副驾座，将车"带"到这一对父子跟前，请他们上车。

我和做儿子的好不容易将他老爸安顿进车，他又忙着去将轮椅折起，放到车尾厢。在做这一切的时候，儿子不断说着谢谢，显出因为耽搁我时间的歉意。而我看看他老爸，他那张慈祥的脸上依然一脸的茫然，仿佛眼前发生的这一切与他无关。

出租车慢慢地驶离了。但这父慈子孝的一幕却留存在我心中。

这就是人"老有所依"的最佳解读吧。

我们每个人的成长经历都是大致相同的。当我们从只有几斤重的小不点，在无微不至的呵护中长到一岁左右，父母最大的愿望，就是看见我们迈出人生的第一步。这时候，父母面对面蹲在相距几尺远的地方，用我们最喜爱的玩具或食物招引我们走过去。

当我们经不住诱惑，迈着蹒跚而稚拙的小腿，走出人生第一步时，父母会忘却了生存中的所有烦忧，发出开心的欢呼。

再长大一点，父母开始教我们辨别颜色，七种常见的水果，代表着七种不同的颜色，反复地教习。父亲拿着香蕉的图画，问我们这是什么颜色？

"黄色！"一声奶声奶气的童音。仿佛孩子高中了状元，父母都高兴得像捡到宝似的。……

生命如同所有事物一样，也都是此消彼长。我们长大了，我们也为人父母了。当岁月的风霜漂白了我们头上第一根黑发的时候，父母却衰老了。子女和父母，来了个"换位"。子女支承起生活的重担，苍老的双亲变得像孩子一样，没有能力、没有主意、缺少活力，任由摆布，就像我在医院门口看见的那位父亲。尽管那样，我依然敬重这位父亲。毕竟，他养育出了一个有责任心、有孝心、能担当的儿子。

也是在医院门口，我还看见一些令我很"纠结"的景象。

十多年前，在一个春意融融的日子，我在医院门口等人。突然，一辆豪华小车在我身旁不远处嘎然停下。两个中年男子，小心谦恭地陪护着一位有身份的人下车，进入医院。我在电视上见过他，他是一位有身份的人。他步态稳健，甚至走在两位"随从"的前面。

十多年后一个寒意袭人的下午，我去医院取体检结果，不经意间又遇见一位脸熟的人。他没人陪同，头发斑白而稀疏，背有点驼，满脸沧桑，由于健康的缘故，年纪还不是很老的他使人联想到"风烛残年"。他从公共汽车站那边走过来。我想了好一会，才记起他就是十多年前用豪车送来的那个有身份的人。

这是一种世态炎凉的图解吗？

说实在的，我宁愿看见他青壮年时孤单，而年老体衰时有人护佑在侧，而不是相反。

我的一位朋友说过，人生最重要的三件事：孝敬父母、爱护子女、圆一个梦；人生最幸运的是：幼有所养、少有所学、老有所依。

这仅仅是朋友的一家之言，并且，他和我一样，都只是个普通人，并不具有权威性。

从"最新"二字联想到

1960年代某一天,我回老家祖屋,在小阁楼尘封的旧物中寻找中学时代的一个什么证件。在呛人的尘埃中,我见到一份发黄的地图,上面印着"最新广州地图"。我颠过来倒过去看了许久,发现它竟是民国年间印制的。我不禁哑然失笑,都过去20多年了,还"最新"呢!

后来在生活中,我陆续又发现了一些标注"最新"的东西:"最新治疗××病指南""最新流行歌曲集成",等等。

为什么会这样?我想最主要原因是取其广告效应。人们买东西,肯定是要买最新的产品或成果,而不去追求"过气、过时"的东西。至于说,很多年以后,他这个"最新"会闹出笑话,则已不在他此时的考虑之列。

不过静下心来想想,在社会发展变化进程很慢的年代,这个"最新"恐怕要管许多年。

具有戏剧性的是,后来我花2角钱,买到一份1960年印刷出版的广州地图。出于好奇,我将两份出版时间相差20多年的地图进行了比较,我惊异地发现，两份地图上显示的城市规模、马路名称等，都好像并无大的变化，"山还是那座山，梁还是那道梁"，即使拿着民国年间出版的旧地图，去寻某条马路或某个地方，依然管用。大概这是因为旧社会底子太薄，百废待兴，而那时的生产力又相对低下，因此体现在城市发展建设方面的速度不是那么快。这件事给了我一个错觉：一座城市，它的规模和格局定型以后，就天长地久，容颜依旧。

这个概念的打破，是近些年的事情。就拿我居住的城市来说，它仿佛是会生长的，比起1980年，它已扩展了几倍，其中有的街区，经过重新改造，已旧迹难寻了。

我手上有一本1989年10月出版的《广东省地图集》，那时佛山市政府驻地称号佛山市城区，并附有一张《佛山市区街道》图。图上反映，那时的市区范围，东起市东路；南至同济路；西边虽已建成佛山大道，但以"过境公路"的形式存在，城市建设，只是扩展到汾江路一带；北至汾江河。城市规模主要集中在这个核心区域。书上还附有一张反映佛山市区新貌的摄影，上面最显赫的建筑，也就是七层的楼宇。今天我们在回首重温当年的情况，不能不感慨旧貌换新颜了！

佛山其他各区也都一样，这几十年来，发生了天翻地覆的变化。近年来，佛山融入粤港澳大湾区，搭上了飞速发展的时代列车，去年佛山的GDP已突破一万亿大关！有时我遐想，倘若当今要印刷准确反映一个城市的地图，恐怕一年刷新一次也为未必尽善尽美。

推而广之，这种旧貌换新颜的发展态势，全国各地都不同程度地存在着。

我的四姐住在广州，她说许多地方几个月不去，面貌就会发生变化。她说："有时候我简直不敢独自出门上街，城市面貌变化太快，居住几十年的城市，我都快辨认不出来了。"

我从小生活的那个县，记忆中，以前每个镇的城区都只是临河而建的几条街道，多数都还未有开通能走机动车的马路，除核心区域比较繁华，此外就是蜘蛛网格似的一簇簇低矮民居，一派旧小说所描写的乡村集市图景。如今旧地重游，都是换了人间，到处高楼林立、车水马龙。

忽然想起，"最新"两字，已经是久遗了。

是呀，有谁会不识时务，在产品上标注"最新"呢？需知，任何所谓"最新"的东西，用不了多久，就会被更新的事物刷新。

有感于这个世界"刷新纪录"的速度越来越快，我感到，要追赶时代发展的速度，其难度无异于跑步追赶一列高铁列车。

虽然追赶列车的行为无异于一个傻子，但我依然不自觉地加快了脚步。尽管追不上，但起码不要被时代甩得太远吧。

20年后还是这个号码

将近10年不见E君了,不知他现今情况怎样了呢?

E君是贵州省人,原先在佛山打工。也就是那时候,他参加了青年作家培训班,和我算是师生之谊。

在培训班已经结束很久的一天,我有事要找他,于是我按他留在学员通讯录的手机号码,试着拨号。

电话通了,果然是他。我说两年多没联系过,只是试着拨号,还不知联系电话有没有变。

他在电话那头说,不会变的,即使20年后拨这个号码,依然能找到我。

上个星期天赋闲在家,我偶尔记起这事,无聊中产生了验证一下E君的话的想法。

我于是小心翼翼地拨那个号码。

一直没能接通。语音提示反复说:"对不起,您拨的号码未能接通,请稍后再拨。"

既然不是空号，也不是停机，就依然存在接通的可能性。越是接不通，就越是想解开这个悬念。于是我每隔几分钟又再拨一次。

在原有的语音提示重复了不知多少遍后，终于产生了微妙的变化。语音提示说："您拨的是外地手机，请在号码前边加0。"

我照办了，电话通了。

果然是E君。尽管声音显得遥远，且不太清晰，但一听就知道是E君。

这个电话引出一段人生故事。他在电话那头对我说：

好几年前，他在打工生涯中遭遇了一些不太顺心的事，加上老家那边年迈的双亲有病乏人照料，他决定弃打工而返家乡务农。他的同样是打工的妻子不愿放弃工作，同时也不愿意跟他回老家去，最后分手了。

E君回到家乡，生活比较艰苦。对于这时候的他来说，手机已是不再需要的奢侈品了。但他没忘记当初自己向朋友的承诺，还是到电信公司申请了原来的号码。只是由于日子窘迫，没有重要事时，他是不打手机的。

E君说，他的手机几乎是形同虚设的，因为通常十天半月都不会响一次，但他依然定期充电，为的是等待那或许会不期而至的友谊……

放下电话，我陷入了深深的沉思。

我想到了生活中的另一种人。

有一次，我打电话找一位认识的人K君。电话拨通后，语音提示说："这是空号，请查明电话号码再拨。"我不明所以，继续拨号，依然是这样。

后来经过非常曲折的途径，我终于在电话中找到了K君。

谈完正事，我问起改换电话号码的事。

他淡淡地说："每隔一段时间就要换号，因为知道我号码的人太多了。"

噢，原来是这样。也就是说，需要通过改变手机号码，甩掉一些不想保留的联系。

我一点都没有责怪 K 君的意思，相反很体谅他。他手中握有一定的权力，自然就会有许多人求他办事，或者在不必办事的时候也给他打个电话，联络一下感情，或请他吃饭之类的，真是烦不胜烦。换号码也是迫不得已的事。

有一次，我随身携带的手袋连同手机被小偷偷走了，我首先想到的是找出购机凭单，到电信部门申请原来的号码，这样才不至于和朋友失去联系。

生活中，我和 E 君，是属于同一类人。

"女人的衣橱永远少一件衣裳"

几年前我曾经问几位年轻爱美人士：业余时间的最爱？

答曰：逛街"找衫"。

问：每星期大概花多少时间？

答案不一，平均起来为 2~3 小时。

对于职业女性来说，每天早上起床后的第一件事是打开衣橱，开始构思当天的形象。选中了衣裳，穿上，对着镜子前后左右打量一番；如果过不了自我审美这一关，再拣，再穿，再仔细"考量"，直至满意为止，才会离开镜子。

"衣"到用时方恨少。虽然衣橱已"衣"满为患，但还是觉得想买新的，这是最爱逛街找衫的原因。当找到第 100 件，那么下一个目标是第 101 件。

过去我曾见到有人写文章，对这种现象颇有微词，大致意思是说，不应该在这些"无谓"的事情上多花时间，又说一个人如果花太多时间和精力在生活琐事上，必然会影响工作和学习，云云。

我可不这样看。我认为这是一个人热爱生活的最直观的表现。

在中国多所大学担任课程的德国学者顾彬说过:"德文可以用一个固定的说法谈人,大概意思是,衣服决定一个人的一切。好像我们可以从服装开始了解一个人,了解他(她)的心灵,他(她)对生活的态度和他(她)对自己的要求。"

人是社会人,而不是独居深山里。人要融入社会大家庭,与别人交往;起码,你走在街上,或者出现在某个公众场合,你就会成为一道或好或坏的风景。有朋友对我说过,当自己衣装得体、形象光鲜时,那天精神会特别好,信心也特别足,处事也会比较顺利。我看这绝非虚言。

每当我看见无论男女,在新的一天开始的时候,打扮得光鲜得体走向生活,我从内心感到一种舒坦。我猛然感到:时代变了。

追溯到几十年以前,这世界不是这样的。

那时候我读过一些外国人写的到中国旅游的观感:"蓝、黑、白成为视野里的主色调,偶有掺杂一点军绿色。至于样式,男的一律工装或军便服式,女的则是'列宁装'。"

这固然是因为生活水平低下使然,但思想意识的禁锢则是更重要的原因。那时我们相邻单位有一位年轻女性,好像是来自苏杭的,身材和相貌都无可挑剔。她有个爱好,喜欢将自己的形象拾掇得光鲜靓丽,最直观的印象,她每天衣服的颜色是变换的。据她单位的人传出话来说,她这种"小资情调"在单位里受到了不点名的批判,并被一些好事者起绰号"红黄蓝白黑";有人还观察到,她有时上午下午都变换衣服的颜色,听者一时为之哗然。直到这个人的个性被"磨"平了,融入了灰黑一族,对她的指指点点依然没有止息。

当今的时尚女性,"衣橱里总少一件衣裳"。不断买新衣的结果,被淘汰的总得找出路。而"中国这么大,贫富有悬殊",有出路的。

前些日子,有慈善组织在我们小区主要出入口放置了巨型塑料桶,上面贴着的字条写着:"向贫困地区捐赠衣物,只收 8 成及以上新的,谢绝内衣裤。"不出三天,塑料桶堆尖,桶盖无法盖上。慈善组织的人来收取时,我站在一旁看,看见捐赠衣物中,有些还是新的,衣领上吊挂着印刷精美的硬质商标还未剪下来。舍弃的原因,估计是款式方面有点"赶不上潮流"。

反正物质不灭,自己穿抑或捐给贫困地区的人穿都是一样的,只要不忘古人说的"一丝一缕,恒念物力维艰"就 OK。

没有理由不快乐

我读过一篇文章,写文章的人是一位因某种意外致贫的人士,靠拿低保维持基本生活。他说,有时富余出一元钱,他就去买一份报纸,回家,半躺着有滋有味地读起来,感到很快乐。他又说,亿万富豪也有其烦恼,股市的涨停,地产的升跌,家人对财产的纷争……他的结论是:一元钱有一元钱的快乐,亿万富豪有亿万富豪的烦恼。

我们能说这是阿Q精神吗?不能。他只是说出了事物的本质。因为快乐只是一种感觉,快乐与财富的多少不存在必然的联系。

我也常常想,快乐其实很简单。

我读中学的时候,物质(包括粮食)匮乏。那时我正当发育阶段,巨大的学习压力和粮食的严重短缺,导致每个人都饿得发昏。碰上周末,有的同学回家了,将晚餐的饭票给了我,这样我就可以饱餐一顿两个人的份额,那是多么快乐的事呵!

及至大学毕业参加工作,在边疆从事森林勘察,天天在林海雪原爬啊爬,每隔十天才工休一天。这好不容易盼来的一天确实要找点乐子。

于是我们凌晨四点钟就起床，打着手电走四个钟头的山路，到边界附近去赶街（逛集市）。走得大汗淋漓、饥肠辘辘，终于来到小集市。当务之急，是到小摊子边上吃一碗凉拌米线、喝一碗又麻又辣的羊肉汤。吃饱喝足，就坐在路边的草坡上，看打扮得漂漂亮亮来赶街的中国或缅甸的大姑娘小媳妇。这时候，我们感觉到了人生的最大快乐。

我听大理的一位朋友说，他人生最大的快乐，是可以放开肚皮痛饮洱海水。他是一名基建工程技术人员，长年累月工作在大西北的沙漠腹地，每天的饮用水都是限量的。每年一次假期，他乘火车转汽车回故乡大理探亲。汽车驶上红岩坡，他就能远远望见家乡 300 里烟波的淡水湖——洱海。每当这时，他的眼泪就止不住吧嗒吧嗒地掉下来。每次，他都先不回家，而是跑到洱海边俯伏在洱海边上，双手掬起清凌凌的家乡水饮个痛快。人生的快乐莫过于此呀！

我又读到过因为生活不快乐而自杀的报道。论财富，也许他（她）几辈子都花不完了。但生活无法让他（她）快乐；相反，有太多的烦恼纠缠着他（她），于是，他（她）只好用非常手段，让自己去寻找另一个虚无的"极乐世界"。

张爱玲说："在人生的路上，有一条路每个人非走不可，那就是年轻时候的弯路。"

我想，对于一个有顿饱饭吃就感到莫大快乐的人，对于一个能敞开肚皮痛饮家乡水就感到极大满足的人来说，人生路上再也没有跨不过的坎，也再不会为生活中的种种不如意而烦恼了！

小月的婚事

"完美主义"令她的婚姻很不美满

1987年至1995年，我在《佛山文艺》杂志编辑部工作。

有一天，一位旧街坊王大姐来找我，说要帮女儿登一份征婚启事。那时有规定，登征婚启事者，必须交具户口簿、身份证复印件（户口簿上有"婚姻状况"一栏），或者到居委会开具未婚证明也可。

这位大姐说，她女儿脸皮薄，不想让人知道她登征婚启事，更不愿在启事上披露征婚人联系地址。广告费可以照交，其他手续要求免除。应征信件寄到编辑部，由我代收，并委托我进行"初选"，将条件"近傍"的转交她女儿选择。

这位王大姐我认识，她女儿的情况我也清楚。她女儿（我们姑且称她为小月）人长得好，个子也高，属于白领。只是由于在择偶方面要求条件比较高，故而芳龄破30了，依然找不到合心人。

在当月的杂志上，登出了这样一条征婚启事：

某女，未婚，芳龄30，本市户口，大专文化，在某单位从事管理工作，相貌姣好，身高1.63米，气质文静，家庭条件优越。诚征本市户口，年龄身高相匹配，大专或以上文化程度未婚男性为友。有意者请信寄《佛山文艺》编辑部代转。有照必复。

这条征婚启事是我代王大姐草拟的，完全真实可靠。

一则征婚启事引出一串故事

征婚启事登出后，由于小月本身条件不错，陆续收到的应征信很多，记忆中有30多封。

按照王大姐的委托，我代为拆看，留下条件"近傍"的约有10封，其余若有相片的，也由我统一用打印信退复，并致歉意。

我将留下的应征信，统统交给王大姐，由她交由女儿自己处理。

由于工作很忙，这事过后我很快就忘了。

几个月后的一天，我在上班路上偶遇王大姐，我很自然想到小月征婚的事，于是便问："事情进展如何？"王大姐叹了口气，说："说起来一匹布咁长啦！"于是我和她一起走到编辑部，找个没人的地方，听她讲起"古仔"（故事）来。

原来小月的嫂子是一位女强人，有私家小车（这在当时是十分稀有的）。嫂子非常关心小月的婚姻大事，在单位开了证明，开车带着小月，按照应征者留下的工作单位地址，一个单位一个单位去"走访"。每到一个单位，先找该单位工会或人事科说明来意，由工会或人事科配合，找出应征者，双方见面交谈。

所有单位的工会或人事科都非常乐意配合这对姑嫂，很快便将应征者找出来"相睇"。

第一位见的人，应征信上说是"从事医务工作"。人的长相、身高都不错，气质也挺文静的。只是交谈之下，发现他学的是畜牧兽医专业，医的是畜牲而不是人。小月就犹豫了，再敷衍了一会儿，说以后慢慢再考虑吧，便与嫂子一起告辞了。

第二位见的是一位初中数学老师。感觉各方面都不错，只是有一点美中不足：他家是外省农村的。对这一点，小月有许多顾虑，于是也搁下了。

第三位是一位真正的医生，样样都好，就是举动有一点"嬲型"（娘娘腔），小月没看上。

如是一个一个见下去，总的情况，条件是不错的，只是每个人都有"缺憾"（注：这是小月认为的）。比如个子矮了一点，比如年龄大了点或比小月小一点，又比如所在单位属集体性质（那时认为国家机关或国企才可靠），家庭属于农村户口，等等。为此，统统都不在小月"进一步考虑"之列。……

千挑万拣，好事多磨

很多年以后，我忽然记起小月的事。我是个喜欢寻根究底的人，于是特地打个电话给王大姐，打听这个故事的"续闻"。

王大姐压低了声音说："现在不方便说话，你留下电话号码，改天有时间我打给你。"

后来，王大姐来电话了。她说，小月的婚事，一直高不成低不就，一直拖到40岁过外。后来经人介绍，和一个40多岁离异男人结婚了。婚后初时感情还可以，但是后来问题来了，那男的有一个女儿，已读高中，和小月合不来，常常闹矛盾。小月对男的袒护女儿非常不满，干脆就搬回娘家住了，后来一直就这样拖着，既没办离婚手续，又没住在一起，婚姻名存实亡了。原来，那天我去电话时，小月也在家，王大姐不方便谈论这事呢。

最后，王大姐叹息一声，说，都怪小月死心眼，完美主义害死人。其实，人生在世，哪有"足秤"的呢？前面见过的那些人，多数都比后来成婚的这个强。

第三辑 谁不说俺家乡好

古码头边笔树情

一

我的家乡在广东省佛山市南海区里水镇,她位于珠江三角洲腹地,有着2000多年的历史,是遐迩闻名的岭南水乡。

提到里水的生态文明,离不开两个字:水和树。

里水水网如织,河涌纵横,水草丰茂,虾鲜鱼肥,一直以来保持着水清岸绿的水环境。

里水更以绿化好和古树名木众多而驰名。据近年统计,山岗造林率达90%以上,村坊四旁绿化率达90%以上。许多村落都保存着百年乃至数百年树龄的古树,近年更评出了10大古树,由群众给予命名,例如位于岗联村的一株数百年树龄的桂圆树,树干已完全空心,但依然枝繁叶茂、翠色可人,于是命名为"不屈精神";位于得胜村两株胸围8米多、枝柯交错,覆盖面积达数亩的古榕,命名为"万年阴";位于逢涌村靠河处的一株大青树，命名为"河堤卫兵"……

有一株树，虽然没有入围十大古树，但她已融入我的记忆之中，她与我的生活经历息息相关，她就是古码头边的一株"笔树"。

二

自古以来，里水都是一个桃花源式的、十分闭塞的小集镇，直到1958年之前，对外交通只能靠水运，里水火船码头便是水运的起点，也即里水唯一的门户，每天有4班以上的火船（机动小火轮）往返于里水—广州。

童年时代，夏天，我们一群顽童，常常呼朋引类，从北边的富寿大桥跳水，随波逐流，一直漂浮到火船码头，在笔树下的水边歇气纳凉。歇够了，又开始新的漂流。那时候，我们望着那些出外求学、经商或者从戎的人，穿戴得体，高视阔步，从古码头登上火船，踏浪而去，都羡慕得不得了，心想，什么时候，我也能人模狗样地，负笈出外求学或闯荡，走出这狭小的天地？

小学毕业，我一举考上了南粤名校石门中学，我第一次登上了那条名为"红星"的火轮。船在水上起伏着，我的心也跌宕着。发动机噗噗噗地响起，船尾翻卷起雪白的浪花，整个码头，连同码头边的笔树，慢慢缩小为一幅水墨画。

高中毕业，我考上了中南林学院（现中南林业科技大学）。四年寒窗苦读，1965年秋，我毕业了，遇上国家开展"三线建设"，我和其他99名应届毕业生，响应国家号召，奔赴云南边疆参加林业建设。

从公布名单到出发，只有短短三天时间。我怀着忐忑的心情，回家向父母兄姐辞行。需知，那时交通极为不便，在世俗的眼光中，云南是古之"流放之地"，远离家乡几千公里，有一种"望断天涯路"的感觉，正所谓八千里路云和月，相见时难别亦难。

出乎我的意料，当父母得知儿子已由国家分配工作时非常高兴，大有终于看见儿子学有所成的喜不自胜。父亲喃喃自语地说，好男儿志在四方！并嘱我早日赶回学校，以免耽误了行程。于是，我没有在家过夜，当天下午就搭"尾班船"返校。

对于亲人远行，家乡人有"送船"的习惯。那天是大哥送我去火船码头上船。

我的行李都在学校里，在祖屋属于我的私人物品只有几捆信件，我有保存亲友信件的习惯。我用一只敞口提兜将信件装着，大哥执意要为我提这点"行李"。我和大哥就这样一前一后走着，除了偶尔和路人打招呼，彼此都默然无语。我们的家风，亲人远行，都不说容易引起伤感的话。

火船启动了，我从窗口向码头张望，只见大哥一动不动茫然地站在强劲的秋风里，我第一次发现大哥的个头原来竟是那么的瘦小。船走远了，我的视野中，只留下了那株高大的笔树。

三

刚考上中南林学院时，我翻查过植物学大辞典，但我始终没有找到名叫"笔树"的辞条。后来我利用假期返乡的机会，向住在里水火船码头附近的一位60来岁的大叔请教。大叔说："打从我年轻时起，这棵树就是现在这个样子，谁都不知道这是棵什么树，只知道唤她作笔树。"

原来，每年的开春时节，树上便伸展出成千上万像毛笔笔头那样毛茸茸、嫩绿色的"笔"，蔚为大观。查实，那是树的叶芽，卷成笔状，许多天以后，便舒展开成为新叶。不唯早春时节是这样，每发新叶，都是先见"笔锋"，渐成叶片。

翻开里水的志书，令我万分惊讶的是，里水这个闭塞的"小桃源"，历朝历代竟有那么多人在科举考试中胜出，还出了难以胜数的名仕和文化人，报效社稷。原来，自古至今，里水都有崇尚读书的风气。我曾在一间寺庙旁见到一块石碑，上刻"敬惜字纸"，我更看见一些乡间老人，艰难地弯腰捡拾起写有字的纸，然后郑重投入寺庙的焚化炉或带回家焚化，为的是防止文字被人践踏了。

四

在云南工作 20 年后，我得以调回家乡工作。

在一个春和景明的日子，我搭乘火船，沿着去时的路，重返久违的故乡。正是近乡情怯。当火船慢慢驶向古码头的时候，我首先看见的，是笔树。对了，她高擎起成千上万支彩笔，迎接远道归来的游子。

在古码头边，我见到一位须发皆白的老爷爷坐在家门口品茶，我认出他就是当年我请教过有关笔树的大叔。我上前和他打招呼，他对我全无印象，用疑惑的眼光打量我。

我三言两语讲了自己的经历，他听明白了，抬头对我说，有本事出去见识世面的人都是鹍鹏，好样的！他举起大拇指。

我回到家乡工作后，转眼间将近 30 个年头了。这些年，家乡建设得越来越美了，建成了一河三岸生态长廊、花海流潮、万顷洋花卉种植基地等生态景观，新建及改造绿化面积达 22 万平方米，基本实现了"村居建在公园里"的愿想，成功创建"全国环境优美乡镇"和"广东省绿色名镇"，"梦里水乡"的美誉就这样自然而然地形成了。

随着经济建设的不断发展，今天的里水，公路交通四通八达，古码头作为对外交通唯一门户的功能已经从人们的生活中淡出，但政府将古码头列为历史古迹，照原样保护起来，成为生态旅游一景，同时成为

"梦里水乡号"游船停靠的码头。

每次回家乡,我都不忘去看望古码头和笔树,怀想当年从这里走向外部世界的时光。今天的笔树,虽然已是100多岁的"高龄老人",但依然生机盎然,绿意葱茏,年年月月,她像一位慈母,高擎着千千万万支有生命的"笔"。

我的家乡用这种特别的方式,送别每一位远行的儿女,接纳每一位倦鸟知归的游子,迎候每一位莅临"梦里水乡"观光的客人。

白衣天使你好吗？

一

我有一位朋友韦君，是位大龄未婚青年。他的婚事一直没有头绪。有人给他介绍对象，他别的不问，先问是干什么职业的。结果总是不合他的意。

后来我才知道，他早就立定了主意，非护士不娶。

我就问他，为什么会有这个念头？

他说，他妈妈就是家乡镇医院的一名护士。从小，他就看见妈妈勤勤恳恳，耐心细致地护理病人，将每一位病人看作自己的亲人。母亲在他心目中是一位冰清玉洁、至高无尚的天使。他爱母亲，也爱像母亲一样高尚的人。

有人对他说，不论什么职业，都有好女孩。又说，护士这职业并不好，常常要轮值夜班，天天接触病人，容易将病菌带回家。

说这话的人不知道，这一切，韦君比谁都清楚。只是，韦君对护士的那份情愫是无法改变的。

经历了许多曲折，韦君终于得偿所愿，与一位护士喜结良缘，婚后感情一直都很好。

二

我是受韦君的影响，才特别关注护士的。

和每个普通人一样，我也会上医院，也会生病住院。我看见的每一位护士，都是穿着洁白的外套，头发挽成一个好看的发髻，戴一顶护士帽，脚上穿一双轻便的平跟鞋，走起路来，像一阵春天的微风轻轻飘过。

我所见到的护士，多是年纪轻轻的姑娘，但她们总是带着同等年纪的姑娘所没有的干练、沉着，她们处置事情的手势都是特别利索而训练有素，轻盈而决断，准确而迅疾，务求将过程缩到最短，将病人的痛苦与不适减到最轻。

对于每个人来说，生命只有一次，健康高于一切。每日每夜，医院里都发生着与死神搏斗的神圣战争，进行着祛病魔、迎接新生的圣典，因此，白衣天使的脸上都带着一种庄重与圣洁，而不是微笑。

只有在这样的情况下，白衣天使才会展露灿烂的笑容——病人告诉他（她），感觉好多了；或者，病人经历了生死考验，终于康复出院了！

有一次，我生病住院了。一天晚上我半夜醒来，无意中看见一位护士手握电筒，轻轻地走进病房，轻轻掀开被子，观察病人的气色、呼吸是否正常，被子是否盖得好……那是一种妈妈照护婴孩才会有的细心。此时此刻，整个病区已安然入睡，世界也已停止躁动，只有不眠的白衣天使苏醒着，她是生命的守护神！

三

我对白衣天使那份尊崇感情的升华，缘于2003年那场"非典"。在那场来得迅猛的灾难面前，几乎让每个人都惊呆了！一位一位医生、护士在抢救病人的严酷战斗中倒下——从发病到告别人世只有十几个钟头呵，甚至来不及向至亲的人道一声珍重！

叶欣，这位为病人服务了23年的广东省中医院二沙急诊科护士长，无论是现场急救不慎坠楼的重危民工，还是带头护理艾滋病吸毒者，还是冒死抢救非典型肺炎病人，她都表现出病人至上、伤者至上，而置自己的安危于不顾。为了抢救"非典"病人，她不幸染病。为了减少同事接触她被感染的机会，她给自己接补液。医生、护士靠近她听肺、吸痰时，她艰难地在纸上写："不要靠近我，会传染。"院长和其他同事来探望时，她写道："我很辛苦，但我顶得住。谢谢关心，但以后不要来看我，我不想传染给大家。"3月24日凌晨，叶欣带着对亲人、同事的依恋，对病人的无限牵挂，殉职于自己的岗位上。

这么巧，叶欣的老父亲与我当医生的姐夫家住同一座宿舍楼——南海里水医院的宿舍楼。叶医生早几年已退休了，接受医院的返聘，他依然工作在救死扶伤的岗位。爱女的牺牲，对叶医生来说，无疑是一个无法承受的打击！

我看见这位衣着朴素的老人默默地走过，走向他神圣的岗位——诊室里那张与他相伴日久的诊桌旁，平静而专注地为病人诊脉。

我多想走上前去，和他说说话。但我知道，我肯定无法控制自己的情感，无疑，这只会触痛叶医生最大的痛楚！

这就是我们的白衣天使和他们的亲人！

世上，不是所有的尊崇和感激都可以通过言语或仪典表达的，比如对叶欣和她的同事们。

我想了很久，只想到一句很朴实的话：

请尊重白衣天使，尊重他们，便是尊重生命！

一张照片见证里水交通变化

我的家乡南海区在区图书馆举办了一个很有深意的图片展，展出的图片都有个特点：以新旧不同年代摄于同一地点的两张照片，反映新旧事物的发展变化。一天，在南海工作的朋友告诉我，说在展览中见到我站在"邓岗桥"上摄的一张黑白照片，同时展出彩色的在同一地点建成的壮丽的里水大桥。

这事使我兴奋不已，并勾起一段难忘的回忆。

1962年寒假，当时还在广州上大学一年级的我回里水度假。春节时，小学同学相邀出外照相。须知，那个年代，照相机还是非常稀罕之物，我欣然应约。那时一筒胶卷只有12张，必须精打细算省着用。到哪个有意义的景点照呢？几经思量，决定去邓岗桥——一道纯粹用木材建成的长桥。该桥桥面宽不足2米，仅能供行人通过。而其他景点都非里水特有。

由于湍急的河水对桥身木桩的冲击，走在桥上，很明显感觉到桥体左右摇晃，摆幅在10～20厘米。

站好，微笑。"咔嚓"！一张"历史照片"就此定格。

那时经济状况不佳，照片印数肯定极之有限，不外就那么三几张吧。除自己保留一张，其余分赠亲朋好友。

时光荏苒，转眼二十多年过去。我大学毕业后，响应国家号召，奔赴云南边疆参加"三线"建设。20年后又调回家乡佛山工作。由于在边疆工作时作业地点多变，生活极之不安定，那张照片，早已化作历史尘烟了。

世事无绝对，只有真情趣。21世纪的一天，我收到幼年同窗好友郑泽昌君寄自广州的信件，说是发现相册中保留了我当年的一张照片，上面写着"1962年春节摄于里水邓岗桥"，觉得很珍贵，于是物归原主。

端详着睽违已久的老照片，我感慨万端，于是用它发了朋友圈。里水乡亲文友陈宇宙看到，微我说："这张照片非常难得，可以说是里水交通史的见证，有关部门一直寻访而不可得！"

因何说是"里水交通史的见证"呢？这就不得不说一说里水历史上的交通状况了。

里水位于南海东北部，历史上是个桃花源式的非常闭塞的小镇。那时候，里水对外交通，只有一条水路，起点就在至今依然作为历史景点保留下来的"里水火船码头"。（注：火船，方言。即机动小轮船）

解放前后，南海县县城设于佛山镇。从里水去县城不可谓不崎岖：必须先搭乘一段火船，到达黄竹岐（现黄岐）登岸，经长途步行到达三眼桥，搭乘广三线的绿皮火车才能到达。到了火车站，要转去县政府，依然相当不易，需搭乘当时唯一一路公共汽车——火车站至普君圩。到终点站后，再步行很长一段路去县政府。当时汽车就这么一辆，如果挤不上"头班车"，必须等它从普君圩返回。因此每有火车抵站，火车站一带就上演着"百米赛跑"的激烈场面。

而里水至广州，可搭船直达。因此人们除非有必要要到县政府办事，其余大小事情，一般都改为去广州。这种情况直到改革开放后才得以改观。

改革开放后，有个口号叫"要致富，先修路"。大规模道路交通建设，打破了里水原先桃花源式的闭塞。较早打通的是里盐路，即由里水通往"盐步口"，再接驳上广佛公路。而里盐公路的起点，即邓岗桥原址。原来的木桥拆除了，代之以钢筋混凝土大桥。

随着大规模经济建设的展开，里水交通建设遍地开花。里广（州）路，桂（城）和（里水和顺）路，里官（窑）路等四通八达的公路网相继建成。原先从里水到佛山城区，需时6个钟头，现在自驾车缩短到三四十分钟了。便捷交通的四通八达，早已改写了单一水路的对外交通状况。而现时"里水火船码头"依然泊着两艘客轮，那是串联起游人游览梦里水乡多个景点的"梦里水乡"号游轮的始发点。

里水人衣食住行都离不开"水"早已成为历史，里水以其特有的人文历史地理区位优势，正以前所未有的发展速度，不断书写着骄人的辉煌业绩。

日暮乡关郁水滨

很多年前,有一次和大沥的朋友闲聊,聊着聊着不知怎的就聊到了故乡这个话题。有文友说,故乡是指安放先人骨殖的地方;也有人说,故乡是指个人履历表上填写的那个地方;还有人说,故乡是指父母生活的地方。

我是一个旁听者,一直没有插话。我的故乡在南海里水。我三样都占全了。因此,无论哪一种意见,我觉得都是对的。

而故乡的概念,是在远离故乡之后才慢慢明晰起来的;对于一直生活在故乡的人来说,应该是很少去理会"故乡"的概念。

这就不能不提一提我的一段经历。我在成年后,曾在远离故乡的云南生活工作了20年,因此对故乡这个概念铭心刻骨。

那时候,我们从事的是林业勘察设计工作,工作地点都在茫茫林海,并且流动性很大。在一个地方"扎营",顶多几天又要搬家,有时简直就是连续搬家。不知道有多少回,由于赶进度,太阳下山了,依然在林中忙活,而工作地点距离宿营地又有较远距离,在夜色四合之中,我们走在赶回宿营地的路上，心中时时会忆起崔颢的诗句："日暮乡关何处是，烟波江上使人愁。"脑海中自然会浮现故乡的景物：往来于广州、里水的尾班轮渡泊岸了，店铺打烊了，这里那里响起大人们呼唤玩疯了的孩子回家的声音，家家户户透出了煤油灯那暖暖的光……

由于思乡情切，20年后，我又回到了故乡的怀抱。

20年，五分之一世纪，故乡变了，道路变宽了，新屋多了起来，原先对外唯一的交通工具火船（小型客轮）停航了，代之以公路运输。但是有两样"标志性"的事物没变，其一是历史上唯一对外交通口岸里水火船码头，其二是我家祖屋所在的通津街。这条街以前是里水最繁华的商业旺地，窄窄的街道，两边的商铺直到今天依然如故，只是再无经营活动。我不知道是什么缘故使它得以保留下来。前些时候，四姐思乡情切，回了一趟里水，站在里水火船码头的大型标志下拍照留影。几年前，我也站在同一地方拍照留影，许多"旧人"回里水时，也都不约而同地站在那里留影。

有一句很令人感伤的话是这样说的："父母在人生尚有来处，父母去人生只剩归途。"

在我从云南调回家乡的当年年底，我父亲便因病去世了，我们几兄弟姐妹哀立父亲遗体前，无限悲伤。唯一感到慰藉的是，父亲的遗容很安详。有人解释，是因为他终于见到远赴他乡的小儿子回到身边而感到欣慰。

从此，父母这对相濡以沫半个多世纪的夫妻，就剩下母亲一个人了。儿女都热情邀她一起生活，但她一一拒绝了，她是怕成为儿女的累赘吧？她和大哥一大家子住在祖屋里。

但是问题来了，大哥一大家子从早到晚都在忙，上了年纪的母亲成为一个旁观者、一个闲人。最大的问题是，大哥一大家子吃饭时间没个定准，而老人家是经不起饿的，并且别人都在忙，自己却吃闲饭，使她感到无所适从。于是她向我大姐提出，想一个人住。但到哪里找住处呢？

大姐有位一起长大的姐妹，正好有一间空闲的屋，在一条长长的却只有三户人家的冷僻陋巷里，她愿意无条件借给我母亲住。我们几兄妹考虑到母亲一个人生活太孤单，有个头疼脑热时没人照应，于是又为她物色了一名保姆。从此，母亲便有了一个安乐窝。

那时我大姐每天都要为生计、为一大家子的生活操劳，但她不管多忙，每天都必定抽时间去看看母亲（大姐是个连自行车都不会骑的人，每天就是靠步行），见没什么事了，才又赶回去忙活。

每个星期六，我就风雨无阻地赶回去陪伴母亲，午晚两顿饭都陪母亲和保姆一起吃。母亲是个话不多的人，但我发觉，因为每周我都能回去陪伴她，她感到非常欣慰。大姐告诉我，母亲每天都默默地数着日子，期盼着周末的到来。大姐说，人总得有个盼头，在那条非常冷僻连行人都极少的陋巷里，母亲唯一的盼头便是传来她熟悉的脚步声。

母亲就那样反刍着过往艰难而曲折的岁月，默默地守候着她期盼的脚步声。在父亲去世后，又安静地度过了生命中最后的17载岁月。

在过了94载岁月的那年夏天，母亲走了，在停止呼吸前的几个钟头里，她头脑依然清醒，与儿女依然有话语交流。据医生说，母亲不是得病去世的，是脏器全面衰竭的结果。

临终前，母亲提出要回祖屋，于是医院用救护车将她送回家。

父母都走了，何以为家？

我们几兄弟姐妹面对这个严峻的问题，作出这样的决定：每年农历大年初一，大家从四面八方赶回里水，吃一顿开年饭，起筷前先夹一份佳肴，敬奉在父母遗像前，同时上一炷清香；每年清明节，大家再集中到里水，给祖父母、父母上坟。直到今时今日，这个铁打的规矩依然没变。

几年前，住在祖屋的九十高龄的长兄也走了。他的儿女早已各自建房安居，祖屋成了空巢。幸好，在里水生活的侄儿们，逢年过节就提前将祖屋收拾打扫干净，让我们恍如见到父母在时的家。其中有一名侄女，还经常回去巡察，看有无蛇虫鼠蚁侵袭，或是在祖屋住上几晚，我们都从心里感谢她。

有时我想，祖屋是我生命的原点，我从这里出发，去求学去工作，足迹遍及边疆林海、大江南北。但是，不论走到哪里，我都不曾忘记这个家。

倘若有人问：你从哪里来？

我就会想起从前闭塞、现在兴旺发达的里水，想起通津街鳞次栉比的瓦屋中，那为我们几代人遮风挡雨，成为我们赖以栖身的生命的原点。

我考第三十几,父亲欣慰地笑了

记忆中,从很小的时候起,父母就给了我一个十分宽松随和的成长环境。

我父亲只有小学文化,母亲则没进过学堂。普天之下为人父母者,有哪个不望子成龙呢?但他们从来不给儿子以任何压力。

记得小学一年级学年考试结束后,全班50多人中,我考第三十几名。我拿着学生成绩通知单回家给父亲,父亲看过我考得的名次,很欣慰地笑了。母亲不识字,她见父亲满意地笑,意识到儿子的成绩不赖,也显得很开心。

我参加了几乎每一个孩子都能参加的群众性组织,父母也显得很欣喜,喃喃地说,感谢老师的教育栽培。

有一次我被老师指定为临时卫生清洁小组长(原来的小组长大概是生病了),父亲也显得非常高兴。大概他意识到,一个小组里,还有十个八个孩子连小组长也当不上呢!

小学六年级时,有一次老师讲了有关"永动机"的事。他说,按照能量守恒定律，永动机是永远不可能出现的。无知的我竟然在假期里天天设计和用木器制造永动机。父亲看见了，问我这是什么？我讲了我的"永动机"的工作原理。对于学机械出身和从事机器模型工作的他来说，他马上就会明白这是不可能成功的事。但是他不说破这一点，更不"泼冷水"，他仍然很欣赏我的"杰作"。

不知为什么，越是没有压力，父母越是对我没有任何奢望，我就越是鼓起上进的勇气，尽量将每一件事情做得好一点。……

大学毕业时，我被分配到遥远的边疆工作。当时由于边疆"三线"建设对人才迫切需要，从宣布分配名单到出发只有三天时间。我匆匆赶回家向父母辞行。谁都知道，"八千里路云和月""西出阳关无故人"，儿子此行一去，今后只怕是"相见时难"了。没想到，父母没表现出半点忧虑，相反显出十分欣喜的样子，大有终于盼到儿子学有所成的慰藉，并鼓励我尽快赶回学院以免误了出发。因此我没在家过夜又匆匆赶回学院了。我是迈着非常轻快的步履走向生活的……

不久前的一个深夜，有一位以前的领导忽然打电话给我。这么晚来电话，莫非有什么急事？

领导说，他儿子没考上重点中学，他责备了儿子一顿，并且要他闭门思过，结果导致孩子精神错乱。他来电的目的，是问问"天麻"对治这种症状是否有特效？问我能否给我在边疆工作时的旧同事发邮件托人帮他购买一些……

这一夜，我没有睡好。我在替领导惋惜，更替他的儿子惋惜。说实在的，对孩子来说，肯定也是想考上重点中学并且尽了一切努力的，而在父母过高的期望甚至威吓下，他的心理压力该有多么大，在这种情况下，他又怎能在考试时发挥得好？而当没考上时，他本来思想上已有沉重的负担，再加上这么一责备一惩戒，出事也就不奇怪了。其实，做父母的怎么就不会想到，即使有30%的孩子能考上重点中学，那么还有

70%的孩子考不上呢？倘若父亲或母亲说一句："考上一般中学也不错！"事情就会是另一个样子。

生活中常常是这样，正如古人言："下下人有上上智。"是的，我的父母都是只有很低文化的人，但我总感到，他们在教育孩子的思想方法上，却体现出不寻常的智慧。俗话说：父母是孩子的第一任老师。口头教育固然重要，但更重要的是行为上的榜样，孩子总是"有样学样"的。对于置身社会最底层的我的父母，别无所有，唯有美德是他们最大的财富。

记忆中父母既没有给我买过礼物，也没有给我庆贺过生日，但是我一直都非常感恩父母。他们用彼此的恩爱，为子女营造一个温馨的生存空间，更用宽容、体谅使我在没有压力的情况下大胆进取。也许他们不懂得太多的道理，但他们的所作所为却闪现着一种智慧的光辉。

在别人看不到快乐的地方快乐着

　　套用某位名人的句式说一句自己的话："生活中并不缺少快乐，只是缺少感知快乐的心。"

　　我是一个很容易捕捉到快乐的人。

　　就拿我订阅的《羊城晚报》来说，出过几次小纰漏。一次是漏派给我了。按常规，我可以马上打电话向投递员"追讨"。但我没这样做。我明白，肯定是投递员手头的报纸差了一份。要是数量不差，他绝不会不给我。既是缺了，你还追他要，这不是难为他吗？我于是不声不响地立即转身步行去附近的街市购买。不巧的是，连续找了几档，都说当天的晚报卖完了。不怕，不就是少看一个晚上的晚报吗？第二天，我从别人那里借来一份，补看了。

　　还有几次，我从信箱开出的报纸是挂破了的，或是因被雨水沾湿而缺损了，但总体无碍，还能将就着看，于是我用风筒将报纸吹干，将缺损的地方修补好，一样 OK！

　　我在做着这些零碎事情的时候，内心是快乐着的。我想象着，投递员每天都很辛苦，但有时出点小纰漏，责任不在他。他在很担心订户找麻烦时，麻烦却没有发生，他会为此而快乐。我也因此而快乐。

荔熟时节，一位家住广州萝岗农村的朋友，邀我们去他家摘荔枝。

我们一行6人去了。果然，朋友家的园子里有三棵荔枝树，是树龄颇老的"糯米糍"。看到一树树琳琅满目玛瑙般耀目的荔果，同行的人欢欣雀跃，多数人一下子就爬到了树上，目标——顶端的或是向阳的果子。据说，顶端、向阳的果子特别甜。抛开这些不说，在人的心理上，越难到手的东西就越珍贵。

我是个不喜欢为无谓的事而冒险的人。我静静地站在树下，发现树的背阴面，在离地面很近的地方，也疏疏落落地挂着一些荔果。我试着采了一颗尝尝，我认为它的甜与爽，与"向阳红"是并无多大差别的。

并非所有的冒险都不好，得讲究有无必要、有无意义。比如《巴黎圣母院》里的驼背敲钟人加西莫多，他冒险去采摘一朵花，是为了取悦吉普赛少女拉·爱丝梅拉达，他的冒险是值得的。但此刻不需冒任何风险（因为爬向荔枝树枝条的远端是有风险的），就可以享受到同样的快乐，何必冒险呢？

我在品尝着矮处、背阴枝条上的荔果的同时，收获着别人由于快乐、亢奋而发出的嘻闹与尖叫声，我内心也充满了快乐。

有一次，我和妻子准备搭乘公共汽车去东平河畔露天泳场游水。那一路线的车不多，等许久都不见车来。虽说太阳已经西斜，但热力依然不减。站在那里等车，百无聊赖中便寻一点"养眼"的目标。我看见身旁一位少妇，用"前背"式背兜，将一个女婴兜在怀里。那女婴约七八个月大，已有"意识"。女婴睁着大大亮亮的双眸，对着我笑了一笑——当然，这一切她年轻的妈妈并不知道，她的注意力在看远方是否来车了。也就是说，这孩子在私下里同我打了招呼。但是才过几秒钟，她却沉沉地睡着了——在她的平静而舒适的港湾里。

如果我现在还是个中学生，面对老师出的作文题《幸福》，我会毫不犹豫地写下这段话。

这天下午，我内心一直很快乐，因为我想到，我也有一个很幸福的童年，因为在我幼小的时候，母亲的怀抱也肯定是这样的。

尽管每一个人都无法看见襁褓中的自己。

我从哪里来？

我的家乡在广东佛山市南海县（现南海区）里水镇。那个小镇位于本县东北角，解放前及解放初期非常闭塞，与外界的交通仅靠一条窄窄的水道。

我家世代居住临河的一条老街——通津街。老街上汇集了众多的木匠铺、铁匠铺和豆腐铺。我的祖父、我的父亲乃至我大哥，都生活在这条老街上，以干木匠活为生。

1993年，我写了一篇散文《老街上的木匠们》，最初刊发于该年6月18日《现代人报》上，后于1997年被人民教育出版社编入全国义务教育九年制通用教材小学语文课本第11册。其实，老街上的木匠们，就是浓缩了我祖父、父辈和大哥的身影。

文章说：

我从小生活在水乡小镇的一条作坊云集的老街上。木匠铺、铁匠铺、豆腐铺……鳞次栉比，好不兴旺。

木匠铺主要生产家具、农具、盆桶木器，全部是手工操作。大大小小的原木，从广州"杉木栏"放排运来了。先是用人力锯成方、开成板，然后是斧劈、刨光、开榫、凿眼……一走进这条麻石铺砌的小街，就能听到这斧锯刨凿的铿锵音韵。

木匠铺里，固然有年纪轻轻的娃娃学徒，但印象中不少是上了年纪的师傅。夏天，他们赤裸着古铜色的上身，戴着老花镜，腰弯得像弓，在一锤一凿地雕琢心中的希望，挣下少得可怜的钱，养家糊口。

……

木匠，世世代代延续，一代一代，累弯了腰，熬白了头。

……

解放初期，里水镇（那时叫里水圩）十分破陋，到处是低矮的平房、逼窄的小街。1958年之前，那里不通电。入夜，到处乌灯黑火，偶有商户为方便行人，在门口一侧悬挂一盏小煤油灯算是照明。那时还兴打更，通过打更告诉普遍还没有时钟的人们时序的更替。我亲眼见过更夫打更，那是一个上了年纪的老人，头戴着竹帽、身上穿着簑衣、赤着足，手上提一盏小油灯，穿行在横街窄巷。不同时分，分别用竹梆、鼓或锣，敲出不同的更次。五更天，天还没亮，勤劳的人们闻更就起床洗漱，接着开始了一天的劳作。那时一天只吃两顿饭。

我的祖辈、父辈、兄长，就是在这小墟、在这老街上出生、长大，从十岁八岁起，就开始当学徒，操持着沉重的活计谋生。及至成年，娶妻生子，一代一代传下去。由于交通闭塞，他们很少出门远行。那时即使去一趟县城，也颇费周折，先是搭船，去到黄岐上岸，步行数里路，到一个叫三眼桥的小车站，搭上广三线的火车，才能到达，大约20公里的路程要"绕"上半天时间。人们有事要进城时，一般都穿戴比较整齐，平常光着或穿木拖板的脚，也穿上了鞋，一看而知是出远门。走在街上，不时有人打招呼："呵，进城吗？"于是成为小圩人当天的话题："××大叔今早进城呢！"至于妇女，许多人是一辈子没进过城的。

自然，我的祖父、父辈、兄长也是极少进城的，一年到头，生活的轨迹都离不开这条老街。日出而作，日落而息，没有任何文化娱乐，更无所谓夜生活。吃过晚饭，将近入黑时分，下河泡澡，然后，躺到自制的硬木板床上，歇息一下浑身酸痛的筋骨。年复一年，日复一日。"日求两餐，夜求一宿"是他们的至高理想，他们一年到头只在春节时休息几天，其余时间，天天就在斧、锯、刨、凿生涯中讨生活。他们的脚板，将原先粗砺的麻石街，打磨得光可鉴人。

1985年底，我84岁高龄的父亲，在这条老街上走完了人生的历程，寿终正寝。办完丧事，我母亲在整理他的遗物时，在一个普通黑色人造革小钱包里，发现了一张2元纸币，这就是我父亲毕生的积蓄。在我回家看望母亲时，母亲含着泪将这钱包、这2元纸币拿给我看。对着凝结了父亲毕生血汗的这笔财富，我们长时间凝咽无语。

后来，我根据这个事实，写了《父亲的遗产——2元钱》，借此回顾父亲平凡、坎坷而艰难的一生。那篇文章参加新加坡国际广播电台2003年举办的国际华文创作大赛，获得了优秀奖（不分等次）。

生产力和经济水平的极度低下，导致生活水平、文化教育的落后。我爷爷和我父亲都基本没有上过学，我母亲则是文盲。我大哥大姐都只进过一年私塾，我细姐小学毕业后，考上了南海师范的"简师班"，经2年培训取得小学教师资格。

在这种庸常的、既无所谓奋斗也没有人生目标的平淡日子的不断复制中，我慢慢长大了，读上了小学。

极度的寂寞、极度的闭塞，使我感觉到有如一只蚱蜢被关进一只玻璃瓶，令人窒息。因为寂寞、苦闷，我爱上了读书，但苦于找不到书。

偶有一两分钱，就跑去旧书摊租一本小人书来读，或从"收买佬"的故纸堆里淘宝，用家里的破烂换取没头没尾的、旧得发黄的破书来读。

书籍，让我透过老街窄长的天空，看到一线光明，让我看到老街以外世界的多彩。我幼小的心灵产生了一个渴望——走出去，用智慧与汗水，结束祖祖辈辈走不出老街的历史。

当我还在小学高年级读书时，课余和星期天，我已操起斧锯刨凿，帮父兄做一些力所能及的活计，帮补家庭收入。

有一次，一位女老师从我家门前走过，看见我站在高高的锯棚上拉动大锯锯板，非常吃惊。后来她在课堂上，表扬我热爱劳动，为家长分忧。其实，她哪里知道，我正为自己无法摆脱祖祖辈辈走着的老路——胼手胝足在一锯一凿中求温饱而忧心忡忡。

过早的重体力劳动没能压弯我的脊梁。我参加升中考试，意外地考上了南粤名校石门中学。当我已出嫁的大姐拿着一份录取通知书回娘家来报喜时，全家人正围在一起吃午饭。对于我考上中学这件事，没有人表示欣喜，也没有人说话。静场许久，大哥终于说话了。他说："中学？读中学有什么用？祖祖辈辈没读书，还不是这样过的啦，读什么中学？家里的活怎么办？"父母也没说一句话。事后我得知，对于儿子升学，他们不反对，可是学费呢？伙食费呢？愁呀！

过早懂事的我，将录取通知书丢在工具箱一角，为了不让家里增加愁惨气氛，从此再没提上学的事。

真是天无绝人之路，这时候，我细姐简师毕业，被分配到本县松岗石碣小学教书。她对弟弟小小年纪就走上父辈的老路，早有怜悯之心。此时她说："细佬不要放弃上学的机会。我每月有27元工资，他上学的费用我负担！"

对于我离家去上学，尽管全家意见不一，并且不乏反对的声音，但我去意已决，不顾一切，用一张已磨破的草席，包起几件换洗衣裳，就出门了（那时石门中学实行全寄读）。

在十分拮据之中，我高中毕业了。

我决定报考林学院。原因有二：一是，国家对农林师范类学生有助学金；二是，我幻想着有朝一日，骑马挎枪在广袤无边的林海雪原巡逻。

我顺利通过高考被国家录取，进入中南林学院深造。4年后，我大学毕业了，赶上毛主席提出的"备战备荒为人民""三线建设要抓紧"。我接受国家统一分配，到云南边疆从事森林勘察设计工作，一干就是20年。

在此期间，我的足迹踏遍了横断山、高黎贡山、怒山，踏遍了云岭、迪庆高原、德宏大地、金沙江流域……在林海雪原，乃至热带河谷，在10多个兄弟民族聚居区，我们用青春、热血，书写对祖国的忠诚，表达对大自然的挚爱……

在和大自然相互依存相互砥砺的过程中，由于体力透支大、粮副食匮乏、工作和生活环境恶劣，使我们同时参加工作的一些同学，年纪轻轻就以身殉职，长眠于边疆绿草地下。这使我对生命、对生老病死、对生离死别、对事业、对国运都有铭心刻骨的思考，这一切，诱发我写作的冲动，于是在雪地、在密林、在篝火旁、在帐篷边……写下了一篇篇流露心迹、有真情实感的文章，它们带着山野的风、染着林海的绿意，从边疆寄往全国各地，在将近20个省市自治区的报刊上刊发。《中国林业》杂志称我为"大森林里走出来的作家"。

20年后，为照顾家庭关系，国家批准我调回家乡工作。我轻轻地说了一声："故乡，我回来了！"

根据我的专长和个人意愿，我被安排到文化部门工作，一直到退休。

祖祖辈辈周而复始、循环往复的路，到了我身上，断了。我成了这个家族的第一个大学生，第一个走出县域、走出广东省的人，第一个工程师，第一个出版10多部个人专集的人，第一个中共党员，第一个走出国门，第一个中国作协会员……

　　如今，我的家乡已发生翻天覆地的变化，那条耗尽祖祖辈辈多少代人岁月的老街已不见了，变成了如今双向4车道的宽敞马路；一座座新型建筑，取代了原先低矮破旧的平房；不通公路的历史早已结束，现代化的高等级柏油马路，像车轮的辐条，向四面八方辐射，连通着各周边城市。里水，成了广佛后花园，进入广佛半小时经济圈，成为全国文明乡镇，成为现代创意产业基地、现代农业种养基地的富裕和谐之乡。这里有快速交通干线与广州花都的国际机场接驳，里水人，早已将目光投向全世界。

　　我的人生也已走过了60多年。60年，在历史长河中只是短暂一瞬。"往事越千年"，透过我家乡这个缩影，我们可否这样说，历史的长河，在这60年间拐了一个弯，进入了高速发展期，60年的前进步幅，超越了过去数百年、一千年！

　　而这一切，也体现在老街木匠和他的儿子——我的父辈和我身上。

爱文学的人心中都有一位恩师

读中学时学过一篇课文,作者是一位文学家,他回忆了读小学时一件足以影响他一生的小事。一天,数学老师在课后发回作业本,逐个点名让学生走向讲坛领回自己的本子。当他上去领时,老师将作业本"飞"回给他。文学家回忆道:"作业本像瓦片一样向我飞来。"原来他的数学题做错了。

自此以后,他就非常害怕数学,越害怕成绩就越差。相反,语文老师善待他,还在课堂上朗读他的作文。这件事深深地教育和感动着他,直接导引着他的人生路。

如今我遇到一个人,她是一位小学校长,她不但自己爱好文学,而且千方百计导引学生爱文学,努力提高动笔能力,她就是佛山市属下某小学的校长伍文英。

伍校长向我讲起一位足以影响她一生的老师廖学崇。

小时候,伍文英在勒流公社东风小学读书,语文科任是廖学崇老师。廖老师不但课讲得好,认真批改作文,并且擅于赏识学生的作文。通常情况下，作文是很少获得100分的（即满分），但伍文英竟然得到了，那是伍文英写的一篇作文《春游佛山祖庙》。文中，她集中笔力写了感受最深的一点：喷泉。廖老师在课堂上朗读了这篇作文。这件事使她受到极大的鼓舞，那篇作文她一直珍爱地保存着，视为至爱，不时拿出来重温，每次重温都仿佛看见廖老师那深情期待的亲切目光。

联系到我，也有一件足以令我毕生难忘的事。我在石门中学读初一时是住校生，家距学校10多公里。一个星期天的下午，我步行回校，半路上被风雨阻隔，过河的渡船停航，使我在风雨中进退两难。经过许多艰难曲折，终于在当晚赶回学校。这是我人生第一次遭遇比较大的风险，促使我拿起笔来写了一篇作文《风雨难阻上学路》，贴上邮票寄给了《南海报》，过后也就忘了。想不到，在接下来的一次全校师生例会上，校长谢日华在大会上全文朗读了这篇作文，这时我才得知我的作文意外地获得了刊登。我爱上文学，与这件事有着极大的联系。几十年后，我回忆起此事，写成了《文章第一次见报》，收在《月光下的童年》一书中。

言归正传。近年来，语文教育没有得到足够的重视，文科教育也有所削弱，文科大学毕业生缺乏动笔能力的现象屡见不鲜。而小学生怕写作更是一种普遍现象。

有鉴于此，伍文英校长决心从我做起，从自己任职的学校做起，用实际行动逐步改善这种不正常现象。

首先，通过开展读书活动，引导学生多读书。她深知，爱文学，往往是从爱读书开始的。在多读书的基础上，引导学生"输出"，即是拿起笔来通过文字表述自己要说的话；通过多动笔，消除畏难情绪。学校还为学生习作提供发表平台，办了校刊，刊登优秀作文。此外，还举办作文大赛、童谣（诗歌）写作大赛，有力地提高了学生写作的兴趣。

伍校长说，一个语文程度高、动笔能力强的人，好处很多。一是为做好其他方面的工作奠定了良好基础；而是能通过书籍的熏陶，提高个人的品格素养；能够用笔将生活中方方面面的事记录下来的人，生活质量和幸福指数就比一般人高，并且，交际能力、与人沟通能力也比较强。

这一切，都需要从小学阶段就播下良好的种子。

榕树,不凋的乡愁

榕树是我国南方广大地区典型的乡土树种。由于它具有极强的生命力,不择土壤,因此几乎村村皆有。据许多《村志》记载,村中古榕还是祖先"开村"时种的,与村子同寿。那次我参加佛山文艺志愿者到西樵平沙岛送文艺活动,在村委会门前见到两株连生的古榕,枝繁叶茂一派生机盎然。村委书记李其万介绍说,这两株古榕是开村时所植,已有500多年历史。

我读过许多乡情散文,无独有偶,里面都有这样的情节:"远远地,我望见老祖母站在村头那棵大榕树下。悠悠的乡风吹乱了她丝丝白发……"我想,这不应看作情节的雷同,事实上这是许多人的共有经历。不这样表达,又该如何下笔呢?

榕树是子孙繁昌的象征。为应对南方天气炎热,它长出许多须根(呼吸根)。当须根下垂到地面,就会扎根泥土,开始吸收地下的水分和养料,慢慢地长成粗壮的树干。就这样,母树连同子树,扭曲盘绕,重重叠叠,蔓延不息,形成"独木成林"的奇观。近处有广东新会天马村的"小鸟天堂"，榕树"独木成林"覆盖面积达 40 万平方米；较远的有云南西双版纳热带植物园中一株大榕树，它的主干要十多人手拉手才能围抱起来，树冠仿如巨伞，遮阴面积达 3 亩多，能同时容纳几百人在树下乘凉。

在珠江三角洲多数村庄的村头，几乎都有大榕树荫蔽一方，成为村民聚脚纳凉闲话家常的好去处。二十世纪五六十年代，家乡《南海报》上有一个栏目就叫"榕树头"，专门刊登乡土新闻和街谈巷议的小故事，很受读者欢迎。

翻开反映岭南古村落的摄影画册，一定会看到许多以榕树作为创作题材的图片，极具乡土味。我的朋友摄影爱好者张培钦拍摄过一幅题为《根》的照片，照片的主体是一株古榕，它向四周辐射的高高凸起的发达根系，是那样坚牢地盘结着大地，根系上坐着一位村居的老嬷嬷，心有所属地将目光投向远方，似在盼望儿孙归来。作品的题外之义是，做儿女的，不论行走多远，根永远扎在故土之上！

珠江三角洲一带的村民还有给榕树"上契"的习俗。家里添丁了，就用红纸写上婴儿的姓名，贴于村头老榕村当眼处并焚香膜拜，表示拜老榕树为"契爷"，也即向老榕树报告添丁喜讯祈求保佑。

古榕是护佑一方风调雨顺的守护神！

我游走于珠江三角洲一带的古村落，都很注意观赏村头古榕。总的感觉，树干都不高，冠盖向四周扩展呈巨伞状，只因这些地方每年有四分之三以上的时间天气炎热，阳光比较猛烈，古榕仿佛通晓人性，让自己婆娑的慈爱福荫子孙后代。如果是生长在水边的榕树，往往将枝干低垂水面，点染得一河泛青。著名画家李可染的一幅《榕荫牧童》令人百看不厌：榕荫下，一头水牛在水中纳凉，仅浮出半个牛背，上面坐着一位年仅五六岁的幼小牧童。看着看着，仿佛有阵阵凉意从画面透出。

在云南高原，我看到与此番景致完全不同的另一种榕树。

有一次，我和同伴去著名的白族村寨喜洲参观，离开时，我在村头看见一株高达40多米的巨树，像一位伟丈夫雄踞在那里，我向白族老大爷请教，这叫什么树？大爷告诉我，叫大青树！健硕的大爷还告诉我："这是我们村子的活灯塔！"见我一脸的疑惑，大爷给我说开了。他说，民家人（注：白族人自称）常常驾着木船在洱海上航行，在茫茫海面上往西岸眺望，村村寨寨模样都是差不多的，有了这座活灯塔，就能准确地把握好航向。

在交通尚不发达的年代，帆船是洱海周围乡镇之间的重要交通工具。洱海面积达248平方公里，海拔1974米，是云南省第二大淡水湖，被誉为高原明珠。海面上烟波浩渺、四时景色不同，相传郭沫若游大理时，写下过"洱海真如海"的诗句。既如海，灯塔是必不可少的了！

翻查典籍，大青树者，是榕树的一种。高原地区，四季偏凉冷，当地人喜欢"烤太阳"，而不钟意树荫的萧瑟。通人性的榕树，也就长成一柱擎天的活灯塔！

在我的家乡，有着二千多年历史的岭南水乡古商埠南海里水镇，更有一株寄寓着我绵绵乡愁的奇树。

在漫长的往昔岁月，里水与外界沟通的唯一"口岸"是一座火船码头。我说的奇树就长在古码头边。每年春夏之交，树上就萌生出无数笔头状的新芽，因此被人们称为"笔树"。当人们负箧远行，最后看见的是笔树，她仿佛一位慈祥的老祖母，站在风中絮絮叨叨地叮嘱着心中的期盼；而当游子在外闯荡日久倦鸟知归，不论是志得意满者，或是孑然一身的失意者，笔树都会举起千千万万支笔揽你入怀，一种无以言状的惆怅感当会顿时涌上心头。

经过植物学家的鉴定，这株生态奇特的"笔树"，其实也是榕树的一种。

但时至今日，人们依然称她为笔树，而鲜有称榕树者。是习惯使然呢？抑或是反映出家乡人对"笔"、对文化的崇尚呢？

后台看戏

人们看戏，都是坐于舞台前的观众席上，为何会在后台呢？

我有一个舅舅是广东粤剧院某团的主要演员。自幼喜爱粤剧的我在广州读大学时，偶尔在周末会去探访这位舅舅。如适逢当晚有演出（那时剧团多数时候夜间都有演出任务），他便带我进场看戏。那时粤剧非常流行，不容易买到票，即使买到，也只是后座靠后一两排，并且票价不菲。舅舅于是将我带上后台，从侧幕看戏。

在侧幕，不仅能看到前台演戏，也能看到后台的"戏"。

有道是一个好汉三个帮，一道篱笆三个桩。演员要成功完成一出戏的演出，必须很多人从旁帮扶。

有时剧情紧凑，文武生或花旦退场后，必须在弹指一挥间完成更换装束。我看见几个人在旁边紧张地伺候，有帮忙卸妆的，帮忙更衣的、帮忙整束戏服的，更有帮忙补妆的。演员就站在那里，有点"衣来伸手"的味道。前台的锣鼓还在火急火燎地敲，转眼之间，该演员又以全新形象"平步青云"。

较大排场时，有八个兵丁。为了显示大军压境兵临城下之气势，兵丁们"过场"后，必须火速在后台从东至西"飙"过，当最后一名兵丁还在前台，走在最前面的兵丁又接着从侧幕鱼贯而出，给观众造成千军万马过境的视觉冲击。他们在后台的步速，真可与奥运场上百米冲刺相媲美。

还有就是布景装置，分为换天幕（背景）和立体道具更替。舞台上方有棚架，布景组的人爬在上面紧张地收放天幕；台面上的人则火速拆下上一幕的置景，换上新景。前台指挥检查过后，打一个手势，其余人员立即定位，用抓钉将置景钉牢。

粤剧行当有所谓"冻死花旦热死文武生"之说。大热天时，男演员大袍大甲，"束扎"得严严实实，加上舞台"追光"的强力照射，"热死"并非耸人听闻。每当退至台后，男演员则火速将袍甲卸下"透透气"。原来袍甲之下，还有一套厚实的白布装束"打底"，为的是防止汗水污染戏服，因为戏服是不能清洗的。那些饰演兵丁的小伙子则随便得多，常将上身衣物扒光，赤膊对着大风扇猛吹。吹一阵，锣鼓声大作，又飞速将戏服穿上。

寒冬腊月，观众穿着棉袄，瑟缩在座位里还觉阴冷。可怜那些花旦为了保持苗条身段，必须只穿贴身单衣出场……

此外还有负责"催场"的（前台调度），负责音响的。比如打雷，先是一阵电光闪过，同时有一位音响师拿着一块锌铁板，使劲"抖"一下，通过扩音器的作用，便形成轰天雷响。

后台看戏，使我顿悟：

其一，人生于世上，我们往往只看到事物的表象，而无法窥见它的"内幕"。

其二，我们在生活中获得的任何一点享受，都有无数人在我们看不到的地方，默默地操劳着。他们，就是我们通常所说的"幕后英雄"。

佛山秋色中的仿真艺术

佛山秋色,是佛山传统民间艺术的总称。早在明朝,佛山人为庆贺丰收,每于秋收之余,利用手工业的边角料,如纸、碎布、丝绸、香胶、蜡、陶泥、竹木、五金等,以及农副产品,如蚕茧、谷豆、鱼鳞、刨花、稻草、灯芯、瓜子、萝卜、薯类、中草药等,以扎作、粘砌、纸扑、雕刻、剪塑、灌注等技法,制作成各种仿铜铁器物、仿陶瓷古玩、仿花鸟虫鱼、瓜果、点心、美食佳肴等,达到以假乱真、奇巧斗胜的目的。

明朝时期,佛山居民按聚居的街道划分为"铺"。每至秋夜,各铺之间以其创意的新奇和工艺的惟妙惟肖,互相争奇斗巧,辅以头牌罗伞、纸马火龙、花灯、杂剧"扮故事"、舞狮舞龙、"十番""锣鼓柜"表演、彩车莲舟……组成灯色、马色、车色、地色、水色、飘色、景色七大类,在古镇的街道内游行竞技,逐渐形成富有地方民间特色的佛山秋色赛会,佛山人称为"出秋色"。据清代佛山《忠义乡志》记载,每到出秋色的日子,省内各地、中国香港澳门、南洋各国的佛山亲友,都争相到佛山观看,万人空巷,游行沿线人潮如涌,热闹非凡。

时至今日，这种传统工艺与时俱进。佛山秋色工艺品除供展览欣赏外，已发展为实用工艺品，如纸扑儿童玩具、影视及舞台道具、蜡像、大型纸扑塑像（包括人物、动物、器皿）、庭园工程装饰、泥塑工艺等，除供应国内，还远销海外。

每到春节，珠三角的百姓，及各酒楼茶馆，都有在厅堂摆放应节食品以增加喜庆气氛的习俗，例如煎堆、油角、糖莲藕、发糕、芋头糕等。因用真品摆放容易受污染，摆放时间过长又会变质，仿真工艺品应运而生。

近年来，民间工艺品与仿真工艺品在家居美化、摆设和宾馆、商铺的装饰方面，应用范围越来越广。在各类楼盘的样板间、酒楼大堂，往往能够看到最新样式的仿真水果、美食佳肴、花鸟虫鱼点缀其间。1999年12月底，香港凤凰卫视中文台一个摄制组到佛山来摄制专题节目。在佛山民间艺术研究社，面对足以乱真的仿真工艺品——各种瓜果点心、应节食品、美食佳肴、花鸟虫鱼、仿铜铁器物、仿陶瓷古玩等，节目组中的一部分人"考"起另一部分人来——让他们近距离判断真伪。当时几乎全都判错，激起了阵阵惊叹声和欢笑声。

不是节目组的人"眼力"不够，委实是这些工艺品叫人难辨真假。它们的形状、颜色、质感、光泽、纹理……实在栩栩如生。若不准触摸，当真无法判别真伪。而掂在手上，这些仿真工艺品与实物之间的区别，也仅在于重量和手感的不同而已，令人叹为观止。

从20世纪70年代起，珠江电影制片厂影视摄制过程中的许多道具和布景，就是由佛山生产的；中山市孙中山先生故居博物馆的一些造像和陈列品，也是秋色艺人照历史原样"克隆"出来的；还有现今酒楼的各款佳肴美食"样板"，也多是由此制造的仿真工艺品。想想也是，要是拿真的佳肴美食陈列，岂非每天都要换才能"保鲜"？这要造成多大的浪费啊！

佛山秋色仿真艺术的代表人物应数何信。18岁时即"入行"民间工艺社的大师何信师傅，从业时间已超过50年了，目前是非物质文化遗产（佛山秋色项目）省级传承人。他说，做仿真通常使用的原料，只不过是一些常见的纸板、石蜡、香胶、颜料、竹木而已，但说起来简单做起来难，难就难在给作品注入"生机"和给人以"真实"的视觉冲击力。要做到出神入化，没有经年的观察、思考、琢磨、切磋、反复试验、探索，根本不可能有高深造诣。由于过去使用的原材料在高温下会软化变形，所以近年又逐步探索使用胶质及塑料为原料。

在没有仿真工艺制作任务时，何师傅还从事过玉雕工艺、园林石山造型、墨鱼骨雕、交趾陶制作等，这些工艺对仿真艺术反过来又起到相辅相成的作用。何师傅在这50年里到底制作了多少仿真工艺品，连他自己也记不清了。

文昌沙的回忆

20世纪50年代后期，我在南海石门中学读初中，是一名住校生。那时南海县的县城在佛山（现禅城区）。

学生最大的念想莫过于星期天和假期，不但可以放下紧张的课堂学习，还可以回家与家人团聚。但不瞒您说，那时我实际上是个"无家可归"的人。因此，别人盼放假，我倒是最怕放假。

那时候，我母亲带着我年迈的祖母和智障的妹妹，去了顺德北滘一处农村务农维生（那时从石门中学去该农村，足足一整天的路程）；我父亲则去了盐步南海第一通用机械厂做木模工。按理说，盐步距离石门中学不足1个小时的路程，但我去也没用，上班时间我不能进厂见父亲；他住在集体宿舍里，只占有一个床位，宿舍门口还贴着告示："非住本宿舍人员严禁入内，"有人看守。也就是说，我就是去了，连个站一会的地方都没有，所以我也就不去了。

幸好学校有善心，虽然假日留校的学生只有那么几个，甚至有时只有我一个，饭堂还是为我们做饭，不过由一日三餐改为两餐。这样也好，总算不至于饿肚子。

后来，有一位姓邵的同班同学发现了这个情况，常约我一起回家，他老家在邵边，在佛山文昌沙靠汾江河边也有一间屋。那条街分为文沙南、文沙北。

这里有必要说明一下，倘若他家里有老有小，我是不敢去的，物质短缺年代，人家不一定欢迎。但他家很特别，平时一把"铁将军"把门，他回来时家里才叫有人，因为他父母和其他家人都在香港生活。

在那个年代，有亲属在海外或港澳，是令人羡慕的，港澳和海外关系被称为"南风窗"，即是说外面有财、物接济，接济多的，称为"南风大阵"。邵同学父母每半年或一年汇一次款回来。因考虑到孩子还小，缺乏独立理财能力，因此钱不是直接汇给邵同学，而是汇给他一位可靠的亲戚。邵同学每月按父母规定的额度去亲戚那里取生活费。他家不属于"南风大阵"那一类，但比起内地一般人家，毕竟宽裕一些。

尽管邵同学是个非常真诚、正直而随和的人，也是真心邀请我，但我觉得不可太麻烦别人和占别人的好处。因此我并不常跟他一起回家，一个学年也就一两次。

由于他家没有大人管束，因此作为孩子的我们感到非常自由。那间屋是平房，临街是一排板门，可能以前做过商铺。到家了，他拿出一把长长的钥匙，将那把老式大铜锁"嗒"的一声打开，这里便是我们的自由天地。

第一件事，总是习惯先到河边吊一桶水，洗手洗脸，清凉清凉。

他家屋后紧邻汾江河，像其他许多人家那样，他们家也用木桩和板材搭了一个伸出河面的平台。平台边总放着一只吊桶，牵着桶绳倒过来向河里一丢，桶便"砰"地一声储满了水，拎上来，清凌凌凉浸浸的，仿佛是玉泉。

日落时，我们搬几条板凳，在伸出河面的平台上纳凉，凉爽的风沿着汾江河面吹来，十分惬意。从平台望向河对岸，也就是河滨路那一侧，有许多人戏水游泳，不时传来嬉笑声。

初中毕业后，我继续在石门中学上高中，邵同学去了香港和父母一起生活。从此我就没有再去过文沙街。

1961年，我参加高考，考场设在佛山一中。佛山一中距离邵家很近，我很想去看看。但由于来回都是由老师统一带队，中途不能离队的，考完试即回校，这个愿望未能实现。

我考上广州的大学。大学毕业后，服从分配去了云南，一干20年，直到1985年才又回到佛山。从初中毕业算起，和邵同学一别27年了，从来不曾联系。工作安顿好后，我到文沙街旧地重游。那一带变化很大，我从头到尾找了几遍，却找不到邵同学原先的家。

20世纪90年代后，兴起同学聚会，我们初中时的同学也不例外。邵同学每次都从香港赶回来参加聚会。交谈之下，得知他家庭幸福，孩子都大了。

清明时节念亲恩

在我家书房显著位置,摆放着父亲母亲的"合照"。说起这张合照,还真有点故事。

我父亲出生于1902年,活到84岁;母亲生于1909年,活到94岁。他们相濡以沫相守一辈子,但竟然没有拍过一张合影!

在母亲去世后,为了纪念他俩,我想办法弄了一张"合影"。我于1982年从云南回里水探亲时,集合全家人去里水唯一一家影相铺拍了一张黑白全家福,父亲端坐在中间,头部只有一颗扁豆大,我将它放大到5R那么大。这张照片是父亲存世的唯一照片。而母亲晚年时条件好多了,留下了许多彩照。我选用了一张她92岁时照的。照片上,她双目有神,显示出对生活充满期盼。我用这样的办法拼接出来的合影作为永久的纪念。

我父亲16岁时便告别家庭,去广州大冲口协同和机器厂打工。我母亲是大冲口人,在缫丝厂当缫丝工。两家厂的后门是相通的,都安着很大的立式烧水锅炉。我曾问他们,当初你们是怎样认识的?母亲笑而不答,父亲则说:合眼缘,不就搭上话了嘛!他们是当年少有的"自由恋爱"。结婚次年就生下我大哥,后来又生下我的两个姐姐。

1937年日寇侵华。后来广州沦陷。厂里发不出工资,一家五口没了生计,为此只好逃难回里水,投靠经营一家小型木铺的我爷爷。1941年年底,母亲生下我。

父亲是个性格内向的人。在我印象中,他的"常态"是对着一张铺开的图纸出神,一动不动像一尊雕塑,那是我们都看不懂的机器木模图纸。父亲小时候只上过几个月"卜卜斋"(旧式书塾),但他日后总是很用功自学,不但技术上获得了八级木模工的职称,更使我感到吃惊的是,他床头放着一本线装医学书《金匮要略》。里面全是竖排的繁体字,我虽有大学文化水平,但也看不大懂。印象中父母亲极少看医生,他们及年幼的子女身体有不适,都是自己看书寻药解决,可见父亲"学以致用"。

自从回到里水,母亲便不再打工,专门打理家务和带孩子。父亲收入少,子女多,加上祖母也由父亲抚养,生活的拮据是可想而知。于是母亲携带着祖母和我妹妹,去到顺德一农村务农。

我长大了,读到高中毕业。那时候父亲在盐步南海第一通用机械厂当木模工。学校老师组织毕业班全体同学参加高考,考场设在佛山一中。开考前一天,老师带着我们去。当时交通是这样的:由石门中学步行一个多小时到三眼桥车站,搭火车去。说来真是巧,在我们排着队走在去三眼桥的路上,碰到正从盐步去黄岐的父亲(他去黄岐搭船回里水)。他问我这是去哪里?我告诉了他。他想了想,从手腕上摘下他一直戴着的一块表交给我:用心考,考上了家里无论多难都供你上大学!我们家几代人没出过大学生呀!

那一年是1961年,许多高校招生数量锐减,石门中学作为地区重点中学,考取率也很低。但是,我考上了!

都说父母是孩子人生的第一任教师,我对此深有体会,我从父母身上学到了一种坚韧不拔的精神。父亲的生活简单极了，他不吸烟、不饮酒、不上茶楼，有空就钻研他的图纸，攻克一个个难题。

而母亲一生辛劳，知足常乐，和谁都相处得来。我写过一篇记叙文《天黑了，母亲背着一座山回家》，这是她在顺德务农时，我去看望她时亲眼所见。日暮黄昏，她背着一天劳动所得——剥下来的几大捆甘蔗叶回家。甘蔗叶是那时候煮饭烧水的唯一燃料。街坊婶姆都称赞她善良、肯吃苦。

又是一年清明节，父亲、母亲，我们会走好人生每一步，以告慰您二老在天之灵！

乡音

改革开放前,每次从云南大理回广东探亲,都是从昆明乘坐京昆线或沪昆线的火车,到衡阳站下车,转乘京广线或沪广线火车到广州。那时昆明与广州之间没有直达列车。

从衡阳再度上车之后,车厢里的"声音"有了明显变化,操粤方言者渐多,甚至成为"通用语",旅客的衣着打扮行为举止尤其是交谈的语言,都明显地"粤化"了,这等于告诉我,快到家了。

对每个人来说,乡音都有着特别的磁力,寄寓着一种特殊的情感。就多数人来说,即使背井离乡经年,幼年时习惯了的乡音也是不会疏淡的。(唐)贺知章《回乡偶书二首》:"少小离家老大回,乡音无改鬓毛衰。儿童相见不相识,笑问客从何处来。"之所以脍炙人口,就是因它击中了人的情感"命门"。

乡音可以在很小的一个范围内世代传承下去,而不被周围的方言"同化"的现象比比皆是。我在滇西北一个偏远山区见过一个四川人的"移民村",村子很小,大约就二三百人,据说已迁来七八代人之久,但村民依然一口地道的四川腔,与周围的云南方言"井水不犯河水"。在广州花都,在我们家乡和顺,也都有世代居住的"客家村",他们的生活习俗、方言,也都顽强地保持"原样"不被同化。

作为整个村子的迁移,几百人乃至更大的群体,形成一个语言环境,原有的方言不被同化已不足为奇。我更见过以个体形式顽固地使用粤语方言的。那是一个国军老兵,在解放战争中掉队而流落云南,后来就在云南落户,娶妻生子,在街边"焊铜焊锡"(补锅之类)维持生计,六七十岁的人了,他依然满口地道的粤方言而不会说普通话(自然也不会说云南话),他与家人及光顾他的客人交流,都是连比带画,互相达到"意会"。我问他,你在部队这么多年,按理应该是学会普通话的。他说因是"粤军",老乡之间都讲方言。

现在新成长起来的一代就不同了,从小老师用普通话教学,有的学校还规定师生、同学之间必须使用普通话交谈。然而,即使熟练地使用普通话,乃至多国语言,家乡的方言,也依旧是毕生不会忘记的。

不忍拒绝的礼物

送礼，古今中外都有，大至别墅豪宅，价值几百万元的轿车。送者阔绰，受者开怀，这些都不鲜见。

而我却遇到过一些虽不值钱，却感觉重于千钧的礼物。

我老婆当年初中毕业后，曾在南海县东北角一处穷乡僻地建星村当了八年知青，得到房东一家及乡邻无微不至的关怀照顾。回城后，她不忘恩典，时时感念那些帮助过自己的人，每年都抽出时间去看望当年的房东大娘及乡邻，并与大娘一家结为干亲。

在她看望的乡邻中，有一个人很有故事。

这个人叫妍姐，我第一次见到她时，她七十多岁。据说，妍姐真正的祖籍，连她自己都不知道，她是由养母养大的，养母是建星村的农民。当年妍姐的养父在广西谋生，在妍姐长到十几岁时，养父把她也带去了广西，及至成年后，嫁给了"国军"一位军官做姨太。后来解放了，那位军官不知去向，生活无着的妍姐带着两个嗷嗷待哺的幼女回到了建星村。尽管妍姐本非建星村人，在建星也没有血亲，但宅心仁厚的村民还是善待了她母女仨人，一视同仁分给了土地及住房。在大家生活都不富裕的年代，妍姐本就不懂耕作，加上两个女儿尚幼，生活自是非常的困难。改革开放后，妍姐两个女儿也都长大成人先后出嫁，虽然都尽其所能对母亲有所关顾，但由于妍姐年事已高失去劳动力，加上身体不好，家庭底子薄，因此依然是村子里的贫困户。我和老婆去看望她时，我见她一个人独居在一间只有十几平米的小瓦房里。瓦房虽小，却还保留着一个小天井，小天井里养着不多的三两只鸡。

就像一首歌唱的，"看见亲人格外亲"！我老婆和妍姐，总有说不完的话题，多数是回忆和叙旧，有时聊到乡亲的生老病死，大家都无限感触，不胜唏嘘，甚或"怆然而涕下"！

每次去看望妍姐，我老婆都事先准备一些食品，临别总不会忘记奉上一点零用钱。而妍姐总是客气地推却，说："两个女儿都挺孝顺，我的日子还可以！"……

有一次，我们聊完了家常，打算告辞了。妍姐忙站起来，翻腾出一个红色塑料袋，给我们装鸡蛋。估计是蛋的储备不足她理想的数量，她临时又到天井看了一下，也没有蛋，于是犹豫着，从已装进塑料袋里的蛋中拿回一只，然后送给我们，口里说："自家养的鸡，吃糠和菜下的蛋，无污染呢！"

看见妍姐日子不宽裕，我们真不忍心接受她的馈赠。但倘若"拒收"，肯定会伤着妍姐的心，这实在是一份不忍拒绝的礼物。

为了保护好鸡蛋，我只好一直将它提着。后来我留意到，蛋共有6只。事情肯定是这样：妍姐心目中是要送10只的，十全十美是一个吉利数字，但储备的只有7只，而广府人忌讳"7"，于是妍姐只好拿回一只，变成"6"，"66大顺"，也是一个吉祥数字。

另一件礼物，是一条特制的栎木小扁担。

大学毕业实习时，其中一个实习点是郁南县西江林场最边远的三坑工区。工区里有 30 多位工人，负责植树造林，绿化方圆几平方公里的荒山和育林管护。

实习期间，工区区长（队长）张水流师傅向我们带队老师提出，派一个人给工人上文化课。这个任务落在我身上。

我很乐意接受这个任务，连夜自编、自刻、自印教材，"文化课"很快便开课了。每晚两课时，一直坚持了近一个月。我还特地跑到附近的南江口镇，给每位工友买了练习本，教他们抄笔记。到结束实习时，我和全工区的工友都建立了难舍难分的感情。在临近告别的那几天，我无意中看到张水流队长总在削一根木棍。看来木棍的木质很坚硬，而工具又不得心应手，削得很困难。原来张师傅是在削制一根栎木扁担！告别的那天早上，张师傅郑重地将栎木扁担送给我，说："山沟沟里没有什么可送给你，我自己动手削了一根扁担，希望你不要忘记劳动者本色！"

面对此情此景，我首先考虑的是路上不好带，因为我们告别西江林场之后，还得舟车转折，"转场"去雷州半岛海康县（现雷州市）杨家林场，开展第二轮实习课程。带着一根扁担，途中旅客拥挤，容易戳着别人呢！

看着张师傅那张因为长年累月经风雨而比实际年龄显老的脸，以及脸上那份朴实的真诚，我无论如何也说不出婉拒的话。我双手接过那沉甸甸的扁担，轻轻地抚摸着，此时任何语言都变得多余。

后来，我将这扁担一直带着到雷州半岛新的实习地点。两个月后，我们结束了实习，回校接受分配。从公布分配名单到踏上旅途，只有三天时间，我匆匆赶回家向父母辞行，然后挥别母校。考虑再三，我还是将扁担带上了，一直带到工作单位……

近读古籍，读到过古代文人以水为礼物的记载。话说北宋时，司马光、苏东坡和王安石都是从政的文人，所谓宦海沉浮，每个人都有得势时，也有遭贬时。遭贬的一方从偏远地方回京时，途经三峡，竟带上一桶三峡水作为礼物送给在京为官的对方，因为用三峡水泡的茶别有风味。

6只鸡蛋、一根扁担、一桶三峡水，若用金钱来衡量，确实谈不上贵重；但是若论情义，它们却又重若千钧。我想，作为礼物，收到豪宅别墅或高级轿车的人，未必会心存感念，因为那仅仅是相互利用的一种手段。而上面列举的那些礼物，却代表着一颗搏动的心、一份真诚。

因此，才能不因时序的更迭、境遇的变迁而有所丢淡，相反却在时光的淘洗下，变得愈加珍贵而鲜亮了。

水鬼之河

那时候，每年农历七月初三，都会有一艘卖"缸瓦"的木船开到我的家乡南海县里水镇富寿大桥脚，泊驻一天一夜，然后离开。

船上是一对老夫妇，年纪都在60多岁。由于他们每年都出现，街坊们都见惯了，于是称男的为船公，称女的为船婆。

二十世纪五六十年代，这种船比较流行。船上卖的是佛山石湾镇出产的砂煲风炉、瓮缸盆碗或其他陶制杂件。每当船靠岸，就会有许多街坊前来选购。

改革开放之后，人们逐渐改烧柴为烧燃气，厨具也多改用锑铝制品或不锈钢的，传统的砂煲风炉及陶瓮缸已淡出人们的生活，因此这种缸瓦船已甚为少见。

怪就怪在这对老夫妇和他们的缸瓦船，依然年年如是，风雨无阻，一定于农历七月初三这一天准时出现。自然，通常是很少有人光顾，多数时候营业额为零。

只有住在桥西的一位老公公，知道这件事情的来龙去脉。

20世纪60年代，那时的船哥和船嫂都正值年轻力壮（街坊们称之为船哥和船嫂）。他们的船上装满石湾陶瓷日用品，沿着珠江河及支流，一个圩镇一个圩镇去销售。他们的出现有一个固定的排期，这样方便街坊前来购买。木船就是他们的家、他们的交通运输工具、他们的商店，风吹来，浪打来，小小一只木船，像一叶无根的浮萍，风里浪里到处飘摇。

船哥和船嫂永远不会忘记，1966年那一年农历七月初三。那天天气格外晴朗，河水也好像特别的清澈。他们的船到达里水大桥脚，才绑好船缆，就有客上船买货。如是顾客不断，货卖得比往日多。

直至中午，忙昏了头的夫妇才猛然想起，用绳子牵绑在后舱的儿子怎么总不哭不闹呢？

珠江的船家都是这样，用一条坚牢的布带子箍住尚未懂事的孩子的胸脯，再将绳子的一头系在船上一个可靠的地方，孩子的背上再拖一个空心葫芦。这一切是为了防止孩子掉进水里。

年轻的船哥和船嫂几乎同时转身望向后舱，这一望，使他们的心一下子沉到了深渊里——孩子不见了！

他们踩着易碎的缸瓦同时扑向后舱，他们只见到系孩子的布带子依然牢牢绑在船板的铁环上。再将目光投向水里，空心葫芦在水面上一漂一漂的。

船哥不顾一切扑进河里，抓住葫芦，但葫芦是轻轻的，只系着一条光绳子。这时船嫂也跳进了河里，两夫妻发狂似地在船的周围摸索搜救。

但是什么也没有搜到。

这时他们才想起了叫救命。凄厉的叫声，惊动了过往行人，许多人都立即甩掉衣服就往河里跳，帮忙搜救。

搜救范围不断扩大。

直至下午4点多钟，依然一无所获。帮忙搜救的路人一个一个垂头丧气爬上岸。

只有船哥和船嫂依然失魂落魄，在河里搜索……

天黑了，热心的街坊下到水里，将船哥船嫂硬拖硬拽上岸来。有人买来了元宝香烛，点燃，插起招魂幡，这是水乡人招魂的方式。

有人私下里议论，等"一个对"（注：方言，时针运行一圈，即12小时）后，尸体就会浮起。

但是，一个对，一天，两天，三天过去了，生不见人，死不见尸……

船哥船嫂一直不吃不喝。船哥双眼发直，船嫂不停地抽泣，含混不清地重复着一句话：千不该万不该只顾赚钱，金山银山于我何益！……

那时候，里水还没有公安派出所一类的机构，更没有应急搜救队一类组织，完全是民间自发搜救。

一个令人毛骨悚然的说法暗中传播：河里有水鬼，过去也发生过类似的事。水鬼只有找到了"替身"，自己才能转世投胎……

从那一年开始，每年的农历七月初三，船哥和船嫂都将缸瓦船驶到当年出事的桥脚，插起招魂幡，点燃香烛拜祭。

经历那一次不幸的打击，船哥船嫂一下子苍老了许多，并且一年比一年显老（于是人们改称船公、船婆）。更遗憾的是，在那之后，他们再也没有生养。

直至今时今日，尽管他们经营的货品已淡出人们的生活，但他们依然操此营生，尤其是每年农历七月初三，风雨无改地赶到富寿桥边。40多年过去了，缸瓦船连同船上的货品，依然与当年几乎一模一样。据船公船婆说，是为了孩子认得自己的家。

每当他们的船回来，老相识老街坊都会上船去，同船公船婆聊聊世事生计，开解他们创伤的心。船公船婆说，虽然他们的孩子在这里发生了意外，但里水乡亲的殷殷情意，却使他们没齿难忘。

人们分明听见船嫂在拜祭时，口中念念有词："仔呀，父母对不起你，让你受罪了。可是你千万不要再害下一个人，你就做一个护佑一方平安的河神吧！"

桥西老公公可以做证，自那一年之后，河里再没淹死过人。

火船斗快

人们或许只知道龙舟斗快，却未必听说过客轮斗快。

小时候，我的家乡里水，对外交通几乎全靠水路，于是船艇便成为最重要的交通工具。属于公共交通工具则是客船，里水人称之为火船。

那时里水共七八条火船（随季节变换略有增减），船名：宇宙、大安、明利、德兴、广麻、白鹤1号、白鹤2号……其中有两三条船终点站设在麻奢。每条火船能载客六七十人，属于内河航运的中小型客轮。

每年都举办一次火船斗快的比赛，"赛规"大概是这样的：每两条火船为一组，各组的优胜者再赛一次，这样决出名次。比赛时，每船载客力求均等，中途只停靠黄岐一个站点，其他小站不再停靠。

每次比赛前，每条船都积极"备战"，比如检修机器，加足油料，将船员的技术训练得更加精练，彼此配合得更加默契……

我有幸搭乘过比赛中的火船，明显感觉速度比平常快。

那次我是搭船去黄岐（即石门中学所在地）。两条船势均力敌，同时到达黄岐码头。这时，搭客都非常担心，靠岸时船与船之间必有碰刮，影响安全。而按理说，肯定是靠码头一侧的那条船优胜，因为它先靠岸、先落客，然后才轮到另一条船。

但没想到，他们是安全第一，靠码头一侧那条船落完客后，不开走，让另外一条船再靠到它的船边，让搭客通过它的船体上岸，待两船都落客完毕，再度打火启动，接着赛完余下路程。

为什么要"斗快"呢？估计主要是"争生意"的需要。每年的比赛结果，"赛果"很快便会传遍整个里水圩，于是有更多人选择冠军、亚军和季军乘搭。

那时的购票方式也很特别，不是凭票上船，而是乘客先上船、坐好。开船后，由船员提着只小竹筐走到每位乘客跟前，很有礼貌地说："请买票。"

有一次，我看见一位衣衫褴褛、头发胡须都缺乏洗理且上了点年纪的男人，没钱买票。我真为他担心，会不会受到呵斥，甚至在前方一个靠站点被驱逐上岸呢？

但事情并没有如我所担心的那样。当船员说："请买票"时，这个人摸了一下衣袋，说："今天没带钱。"假如换在别的场合，售票员很可能会说："没钱你搭什么船！"起码也会说："下次再不要这样"之类。但我看见船员什么也没说，很快就移到下一个乘客跟前说："请买票。"如果我不是正好坐在这个没钱买票的人旁边，根本就不知道发生了这样一件事。一切的一切，都掩盖在火船隆隆的发动机声中。

这些年，有几个"热词"特别有生命力："速度""效率""品牌意识"……其实，早在半个世纪前，这些意识已在里水人心目中扎根，只不过那时未有这种"时髦"的说法。

那位船员对一位没钱买票的乘客的友善做法，让我至今不忘。我想，他没钱，但他很需要去某个地方，去寻找他新的活路，去接驳他新的希望。倘若船员不放他一马，也许他的希望就破灭了；更有甚者，倘若船员当众呵斥羞辱他一番并驱逐他上岸，说不定他在希望破灭之余，了此残生。

很多年以后的今天，我从这位船员身上，懂得了什么叫人性、人情，懂得了尊重别人和尊重自己……

"删掉500字！"

我在中学阶段求学时，遇到过一位教学方法比较特别的语文老师。该老师每两周布置一次作文，特别之处在他的批改方式。

第一次将作文交上去，一般都得不到批改。老师会在作文的上方批上一句话，要求你删去一定的字数，比如500字、300字、200字不等，视具体情况而定。

开始时，我觉得挺头疼的。不谙世事的我，总以为自己的文章已无多余的话。但既然老师这样要求，也只好硬着头皮去做。这里压一句，那里压一个字，压来压去还是"不够数"，于是想到合并段落，将意思浓缩……

老师还有一招，将有代表性的某个学生的作文，用红笔进行压缩精简，然后"贴堂"示范。看过老师的示范，我们都心服口服。事实上，有时原文1000字的，实际上500字到600字就说清楚了，压缩后的文章不但省了篇幅，并且更精练，条理更清晰，留给读者的印象更深刻。

老师甚至要求我们用200~300字的篇幅，概括出某篇课文的梗概。

这样的"语言训练",使我终身受益。

这使我联系到当前的文风。

作为每天都与文字打交道的人,我常常被"大块头"长文章所"吓倒"。所谓吓倒者,是不敢领教、阅读。

一件事本来三两百字就可以清楚明白地说完的,但行文者却往往要挥洒一两千字甚至更长,好像不这样做,就显不出水平,或者没将问题说透;更或者,是无法向上级交差。

这种情况在新闻报道中非常普遍,颠来倒去说许多废话,但读者非常想知道的内容却偏偏没说。这是非常要命的事情。

2010年1月16日,青春文学作家郭敬明在广州购书中心签名售书时,说过一段话。他说:"和10年、20年之前相比,现代人阅读速度越来越快,耐性越来越低。"我深有同感。

我曾问过许多人,你认为多长篇幅的文章可以接受?多数人认为最好是千字以内,或不要超过2000字,2000字以上就感到是"大块头",除非内容特别吸引,或者有任务非读不可,否则一般只看个题目,就走过场了。

提倡写短文章、讲短话,绝非由今日始。历史上,曾有提倡"站着写作"者,也有要求写稿像"拟电报"稿那样反复推敲,尽量精练。

不过话说回来,提倡短文不等于一概反对长文。言之有物、非大篇幅不足以表述清楚的重大问题,还是该长则长。

第四辑　林海无涯自多情

最是寂寞男人心

全省林业系统英模表彰会期间，林业厅宣传处安排我去采访一位叫禹常的模范护林员。

我在会议间隙找到了老禹。他是一位40岁开外的汉子，偏瘦小，脸上染着山野的风霜，头发旺得像一蓬山草，肯定不是正规理发师给剪的发。给我的第一印象，他是一位极少进城的山野汉子。

老禹介绍，他一个人守护着几十平方公里的林区，长年食宿都在山上，他所看护的山林连续20年没有发生过山火和毁林事件。

像老禹这样的人，以往我接触过一些，他们工作的特点，是远离人群聚居之地，孤独，多见树木少见人。这样的环境往往让人养成木讷、寡言少语的性格。老禹也一样，20年风霜雨雪的砥砺，无数次将山火扑灭在萌芽状态、与破坏山林者的殊死搏斗……他几句话就讲完了。

没办法，他有些生活细节我只好通过想象去完成，或将别的护林员的事迹移花接木到他身上。比如我知道别的护林员都是无法收看电视，仅凭一部小收音机保持对外界的认知；夜间也得守在高高的瞭望台上；

逢到雨天才能下山挑粮食副食……

采访很快就结束了。在他站起身准备离开的瞬间，我突然想了解一下他的家庭生活。

我问他："孩子多大啦，是男孩还是女孩？"

他好像没料到我会提出这样的问题，迟疑了一下，脸上出现了笑意，说："噢，是个赔本货，长得像她娘，读初二哩！"看得出，他极疼爱这孩子。

我又问："孩子他妈在老家务农？或是干什么别的工作？常来探望你吗？"他脸上的笑意更浓了，说："在老家侍弄庄稼。农闲时节就上山来住些日子。

"有家人的照片吗？"我希望对他家属的印象更直观一些。

他粗糙的大手在衣服的几个口袋摸索了一下，歉意地说，这次进城走得仓促，忘带啦。他补充："孩子他妈长得可好，是四乡八里有名的一枝花。

我想象着他夫妻甜蜜的小日子，说了一句文绉绉的话："这叫福有攸归啦！"

几天后，我的采访稿交了上去，但很快被退了回来。宣传处领导说，稿子写得干巴巴的，缺乏现场感。你尽快安排时间到老禹那里，住个一两天，亲身感受一下他的工作和生活，回来再动笔修改稿子。

当天下午我就搭公交车出发了。我先到镇林业站，会同站里一名打杂的小青年小石一起上山。

一路上，我和小石谈起了老禹的情况。令我感到万分惊讶的是，原来老禹从来就没有结过婚。小石说，老禹的亲属给他介绍过几个对象，站里也从中牵过线，可都没有成功。原因是老禹的工作性质，长年顾不了家，加上收入又不高，条件很一般的女人都不愿意嫁这样的人。

走了约3个钟头的山路，我们到这了老禹平时居住的护林员窝棚。

门是虚扣着。小石建议进去看看，喝口水。

窝棚里潮气很重，有一股淡淡的霉味，表明不常有人居住。事实上，老禹多数时候都蹲守在瞭望台上。

更令我吃惊的是，窝棚的几面板壁上，乃至蚊帐里，都张贴着许多美女图画，有些是过时年历上的美女画，有些是杂志的封面照片，还有一些古代仕女图之类的。

一时间，我感到了老禹这个人更有个性、更动人、更有人情味。他为了工作，40多岁了，却找不到"另一半"，但也许因此更煽起他对异性的倾慕，对美的向往。

至于他说的妻子和女儿，我不认为他那是说谎。我相信，在他坦荡荡的心目中，这样甜蜜美好的图景，已不知构想过多少遍了。

18岁，我选择了无人报考的专业

18岁，我高中毕业了。在报考大学时，我选择了班上无人报考的学校——林科大学。众所周知，从事林业工作，就意味着与山区、林海、风霜雨雪为伍。

我的选择缘于一件事。

从小，我很爱读书，尤其是文学书籍。高中阶段，在一次写作文时，我表达了将来成为一名作家的志向。凌风老师在评语中告诉我，要成为作家，必须具备深厚的生活积累。最好的办法，是沉入生活的底层，经风雨、见世面，在严酷的环境中磨炼自己，舍此别无他途。他还引用了一句格言勉励我："园圃岂生千里马，温室难养万年松。"

当时我是报考理工科的，我反复琢磨所有专业，最接近通向生活底层的，就是林业。在当时考取率很低的情况下，我的愿望得以实现了。

大学毕业时，我主动请缨，到祖国第二大林区云南边疆考验和锻炼自己。

到了实际工作岗位，我才发觉当年的想法太天真，太书生意气，将事情想象得太单纯、太美好。现实是严酷的。当时我们的职业是原始森林勘察规划调查，每天，我们就在连绵起伏的山野不停地攀爬、测量、记录，每10天才休息一天。夏天，力尽不知热，但惜夏日长；冬天，漫天飞雪，但由于爬山冒汗，内衣湿了干、干了湿；食无定时，饮冰卧雪；居无定所，马帮驮着帐篷走。常常是，除了队友，十天半月见不到一个生面人。在严酷的生存环境下和长期体力透支中，我们有的队友倒下了，为祖国的林业事业献出了壮丽的青春。……

就在这长达20年的底层磨炼中，我深入过10多个少数民族聚居区，和最基层的伐木工人、山野林区务林人以及村民滚打在一起，真真正正体验到人世间的酸甜苦辣，和无数草根人物的悲欢离合，写下了几十万字的山野笔记……

正如当初凌风老师所期望的，我不是在园圃，也不是在温室，我是在严酷的生存环境中，在生活的最底层成长起来的。至今我已创作发表了500多万字的作品，出版了12部著作，18岁时的梦想，我不悔当初的选择。

今时今日，我欣慰于自己充实的人生路，不必为碌碌无为而悔恨。

我的书信情结

一封寄自边疆的沉甸甸的信件，引发我有关书信的难忘的记忆。

据父兄回忆，20 世纪 50 年代，我家收到过一封从中山县寄出的信。信封上写着"南海县里水墟何鑑收"。开初，我父亲认为很可能只是同名同姓，因为我家在中山并无认识的人。但邮递员建议先拆开信看看，倘若错了，他再继续寻找收信人。

这一拆引出了一个人生故事。

写信人叫马家苏（后简化为马苏），称我父亲为舅父（他母亲是我父亲的亲家姐，马苏是我表哥）。抗日战争时期，广州沦陷，他家破人亡，小小年纪的他随着逃难的人群只身流落到中山县，被好心人收留，后来被收为木工学徒，学成后在石岐房管所做维修工，住在悦来路附近。当时，在他印象中，自己是个孤儿，这世上已无亲人。后来经过冥思苦想，想起在南海县里水圩好像有一位舅父。但舅父到底居于何处，他一无所知，只知舅父出身于木匠世家。于是表哥以极低的文化程度，写了一封信，说了自己的身世，贴上邮票，投进了邮筒。

这样的一封"地址不详"的平信寄到里水后,邮递员并没将信搁置或退回原处,而是拿着信,沿街打探有没有一位名叫何鉴的人,终于找到我父亲。

从此,我家与马苏表哥重新联系上,并密切来往。我长大后,也因为有这样的亲戚,得以多次到中山石岐小住。

1965年秋,我大学毕业,由国家分配到云南边疆从事森林勘察设计工作。云南是我国第二大林区,那里森林资源丰富。我单位负责的区域主要在云岭、横断山脉、怒山、哀牢山一带,山高坡陡,气候往往呈垂直分布;高处终年积雪,低处是热带河谷。我们每天面对恶劣多变的天气,翻山越岭,生活非常艰苦。

那时候,唯一能接收到外界讯息的工具是一台半导体收音机,许多时候因为信号传输受高山阻隔而收听不到,就更别说移动电话了。

于是,书信便成为与亲属联络的唯一手段。

偶有休息时间,我们就在林海里的帐篷边,伴着远远近近林海发出的涛声,和偶尔夹杂的野兽的吼叫,以倒木为凳、膝盖为桌,写呀写,将生活中的历练和感受,将对亲人、朋友的思念,写满一张张信笺。

信写好了,寄信却成了问题。茫茫林海,人迹罕至,更别说居民点和邮局了。好在每隔一段时间,马帮师傅便赶着马帮,送粮食和副食到林区来,我们便将写好的信贴好邮票,请马帮师傅带到林区外的集镇去投寄。有时,马帮师傅忘记了,半个多月后将信又原封不动地带了回来。

那时候,最让我牵挂的是年幼的孩子和家乡年老的双亲。每个月望穿秋水,盼着马帮来,希望马帮捎来亲人的信息。收到的信,都是写信人半月前甚至是一个多月前写的。虽无烽火连三月,依然家书抵万金!

每隔10天,我们才得以休息一天,歇息一下行将"散架"的周身骨骼,洗洗衣裳洗洗澡。有一个休息日,同小队的民工(在当地招募的协助我们野外作业的年轻人)约我去赶集。需知,往返要走8个钟头无路之路。最初我拒绝了。但经不起他们一句话的诱惑：倘若有家信，岂不是可以早一点看到吗？于是我去了。

这就是书信在勘察队员心中的分量。

书信留给我的记忆实在是太多了。

我在勘察途中，遇到过山区乡邮员，他承载的邮路有百多公里之遥。他背负着各种邮件，每天徒步几十公里，4天走一个回环。有时为了送一封信、一份文件，要多走许多路。

20世纪80年代初，我在《人民日报》上读到过以头条标题刊登的一封读者来信。写信人是一位女科技工作者，她长年累月在西部沙漠深处搞科研，而她的丈夫在上海。他们之间就靠每周一信维系感情，互慰孤寂的心。原先，信寄出7天后就可到达对方的手，但后来变成了8天。她为这个事写信给《人民日报》，呼吁邮政要多为他们这样的人群着想，引起了高度关注。

更有许多尽职尽责的邮递员，成为复活"死信"的能手，包括那时候马苏表哥寄给我父亲的信。

在写信逐渐淡出人们生活的今天，我依然与一个人保持通信关系，他是我在云南工作时，一起起步学习文学创作的师兄彭怀仁（白族）。他退休前是《大理市报》副总编辑。1985年，即我在边疆工作了20年之际，我调回家乡广东佛山工作。如今29年过去，我与他每月一信，29年从未间断，至今已积存起厚厚的一摞信。

本来，在通信科技高度发达的今天，他和我都拥有了电脑、无线电传真、程控电话等通信工具，并且我们之间也曾经使用过电邮的。"零距离的到达，让时间和空间成为虚无"，少了那份盼信的热切，更少了那份见字如见人的亲切。于是，我们约定，坚持使用手写实寄的通信方式。

前两年报纸上说，邮票作为邮件资费凭证的作用已逐渐消失，而代之以欣赏和鉴藏的功能。而我依旧定期去购买具有纪念意义的邮票，是为了留存那一份美好的记忆。

城市天天在变，变大、变新；而邮筒却变少，变得孤寂而陌生。每次寄信，我都要走很远的路，去到邮局。

像我这样对写信执着而坚持的人，怕是越来越少了。世间许多事，却因为执着、坚持而美丽。

我们是否还会相见

在我的人生经历中,有过许多曾经短暂相处,但分别后再也没机会重逢的人。尽管我们在告别时,都会握着对方的手说:"再见,再见。"现在回想起来,这仅仅是一种礼节,而心中很清楚,此一别是再无机会重逢的。

我要说的第一种人,是工作中共过事的。我在云南边疆从事森林勘察 20 年,每年都有一批这样的人。

每年上山作业,都要雇用临工(或称民工),一般由当地公社协助招收(这样确保人员的可靠性),用工年龄在 20~40 岁之间。我们每年的野外作业时间一般为 8 个月,也就是说与民工相处 8 个月。用工数量是:每位技术人员配备 2 名民工,另外每小队配备炊事员 1 人,这样,每小队的民工就有 15 人左右。

众所周知,生存条件越是恶劣,人与人之间的相互依存性就越大,我们的勘察生涯恰属此列。因此,虽然相处时间不长,但彼此间建立起来的友谊往往是很深的。

当野外作业结束时，就意味着我们之间要分别了。分别的前夜，往往会成为难眠之夜。就拿其中的一次来说吧。

那一次分别的地点（即当年野外作业的最后一站），是在迪庆县（今香格里拉县）的一个高山牧场。入夜，小伙子们在空旷的草地上燃起了篝火，我们围坐在篝火边，敞开心扉聊天，聊得最多的是彼此对对方生活情况的关心和好奇，尤其是我这个爱好文学的人，总爱打破砂锅问（纹）到底。

这一夜，大家都很兴奋，因为工作告一段落，很快就可以回家，和分开了一段时间的亲人团聚，因此大家都似乎没有睡意，一次次往篝火里添柴，"联欢会"的兴头一浪高过一浪。有时，民工们还会跳起当地民族舞、唱起民歌。这一次，一直"疯"到东方发白，大家才意犹未尽地各自收拾行装。

分别时，我们一次又一次紧握双手，互道再见。因为这样的场面经历得多了，我们都有些麻木；但年轻的民工就不同了，他们的感情更执着、更真挚，往往都止不住掉泪。许多时候，他们都会留下地址，邀请我们到他们寨子做客；或者说，有机会一定进城探望我们。

但事实上，我们再也没有机会重返故地，因为每年都变换着野外作业地点；他们中也没有人有机会进城探望我们。

第二种人是旅途邂逅的。

有一次，单位组织去张家界旅游。行进间，我给同行者讲某种树的生物特性，不经意间发现身旁多了一名"听众"，是一位姑娘。交谈之中，得知她是东北某农学院的在校学生，对我讲的树木知识很感兴趣。自此，我们一路同行。她谈到，广东人个头多偏向瘦小，原因是广东产的米营养差，是一年种三造庄稼造成地力耗尽。而东北一年只种一造粮，地力肥沃，因此营养丰富。我们就这样天南海北无所不谈，直至此行终点，才各自"归队"。

再一次，是我和其他三位影友去广西龙胜县龙脊梯田搞摄影创作。我是不搞摄影的，我只是"陪太子读书"，利用这个机会接触生活。那天，他们三个在四周围取景，我在山上的树荫下等候。忽见一男一女缓缓登山而来，女的乘着"滑竿"（二人抬的座椅），男的扛着摄影脚架跑前跑后跟着，十足的护花使者。这对男女组合立即引起我的注意。待他们上得山来，我立即迎上去和他们搭话。通过交谈，我吃惊地听男的说，他妻子（这位贵气的少妇）竟是一位"组装人"。原来，她在一次驾车出外途中，遭遇惨烈车祸，导致车毁人重伤，全身多处粉碎性骨折、多个脏器受损，几天几夜昏迷不醒。是现代医学创造了奇迹，她身上有些器官还是移植的，就好像一个重新"组装"起来的人。出了这次车祸之后，他们丢下所有生意，自驾车出外周游世界，有时一走就是一年半载……

像以上陌路相逢的人，我还遇到过许多，或者可以称为半日朋友。我甚至不知道他们的姓名、住址，只在茫茫人海中偶尔相遇，"没有早一分钟，也没有迟一分钟"。之后，又各自回复自己的生活，各奔前程。这使我想起一句粤剧唱词："相逢何必曾相识。"

第三种人，是从未见过面的，这主要是一些报刊编辑，是被尊称为园丁或"为他人作嫁衣裳"的人。我们之间是编者与作者的关系，没有他们，我们写的文字将永无见天日的机会。至今我还保留着各地编辑给我的许多信件，短的三言两语，长的达到数页稿笺，印象最深的是当年《中国财贸报》（后改为《经济日报》）副刊编辑毛铭三先生，他经手编发过我许多稿件，并邀我如有机会晋京一定去探访他。遗憾的是，直至今天我们始终无缘一见。或许今生今世，我都无缘得见这些恩人一面，但这并不妨碍我对他们那份崇敬与感恩。

我们都是平凡如草芥之人，毕其一生也许都难有惊天地、泣鬼神的经历，但是只要我们时时用心去拥抱生活，也能获得虽平凡琐屑然而却是色彩斑斓的人生。

在林区遭遇巨蚁袭击

1973年3月16日,我们这支林业勘察小分队来到云南省沧源佤族自治县西部班洪公社下属一个名叫法博的寨落。我们将宿营地安顿在距寨子约200米的一个山包上、几年前"五七干校"业已弃用的简易房子里。

法博寨驻守着解放军一支边防部队。我们与部队的子弟兵结下了深厚的友谊。据他们介绍,此间一带常流行两种病,一种是疟疾,老乡称为"打摆子"(发病时浑身打颤),流行于11~12月间。另一种是"洋虫病",是因一种极小的虫子咬后感染的,染病后四肢无力,发烧,不能进食,吃什么吐什么,即使是壮汉,几天内也被折磨得脱了人形。此病多流行于八九月间的雨季。

我们首先遇到的是蚂蚁对住处入侵。这是一种家蚁,浩浩荡荡形成"蚁流",黑压压的一片使人见之悚然。我们采用开水烫和火烧的办法对付,但始终没能阻遏它们的进攻。

这些蚂蚁个头比普通蚂蚁大一些,身长3毫米左右,黑色发亮,叮咬起人来极其凶猛。

第二天,生产班的子弟兵告诉我们,由于垦植的需要,经林业部门批准,他们刚刚将一个山包上的树木全伐倒了。

通常,我们要对树木进行实测是非常困难的,因为树木很高(最高的达47米),测量高度固然不易,要采集标本更难。现在全林伐倒,正好趁这个难得的机会进行实测,以获取林业科学研究的各种数据。

在热带雨林中,蚂蚁为害十分严重。树冠上常可见到用泥土和树叶筑成的巨型蚁巢,有的大树的树心被蛀空,蚂蚁用泥土在里面筑成蚂蚁王国。

树木刚刚被伐倒时,蚂蚁们一时还反应不过来,只有那些在树木倒下时摔碎了蚁巢的蚂蚁在四散奔逃。这种蚁,当地老乡称为酸蚂蚁,身长6~8毫米,头大,脖颈细长,肚大腿细,黄褐色,喜欢攻击人畜。由于这种蚁比我们平常见到的家蚁大得多,我们称为巨蚁。

我们进入伐倒的林地以后,这些丧失家园的酸蚂蚁终于发现了进攻的目标(大概它们以为是我们毁了它们的家园),拼命往我们身上爬、往衣服里钻,报复似的疯狂乱咬。我们被咬得痛痒难抵。它咬人后分泌一种毒液,使伤口局部溃烂流黄水。

我们不能因为蚂蚁的袭击而放弃原先的科研计划,我们展开了激烈的人蚁大战。我们一边开展测量、采集数据和标本,一边抵御敢于来犯之敌,用手将他们搓死,每个人都搓死几十只甚至数百只蚂蚁,还活捉了一只巨型蚂蚁王。直至日落西山,终于胜利完成任务。

回到住处,每个人都感到身上痛痒难止。到山溪边洗澡后,依然无济于事,备用药箱里的常用药,没有一种能对付这种"突袭"带来的痛痒和局部溃烂。

同伴中有人说,眼下只有通过睡眠去"抵御"巨蚁袭击后遗症了。事实上,经过一天的奋战,大家都已疲倦到极点。停止躁动后,不多一会大家就呼呼酣睡了。

我们曾婉拒廉价的虫草

最近有朋友去西北某地旅游归来，送给我3根虫草，说是在"原产地"买的。我问其价，他说是一级品，每克3条，188元。

我很真诚地说，虫草于我无用，你还是拿回去吧。

他说了许多关于吃虫草的好处，劝我不妨用来炖鸡汤吃。我说，当年每条2分钱我都没吃，现在更没必要吃。他以为我在开玩笑，于是我给他讲了一个真实的故事。

在1966年5—6月间，当时我们在滇西北高寒山区开展森林勘察。有一天正值工休日，我们都躲在帐篷里，写家信或看书，也有睡大觉的。这时有一位当地老乡打扮的人来串门，他从怀里掏出一个小布包，打开，只见是一堆虫草。我们在大一基础课上接触过有关虫草的知识，知道老乡拿的是真货。

显然，老乡是向我们兜售虫草。我们听不懂他的话，他举着两根手指头，示意每根虫草2分钱（抑或是2角钱）。但我们都明白，药材是用来治病的，没病的人不应该服药和滋补品，那样有害无益，因此大家都不感兴趣，有人劝他拿去购销店，或许会收购。于是老乡讪讪地走了。

时序到了20世纪80年代初，人们生活开始好起来，虫草开始走俏，不时有广东老家的亲友来信，要求帮忙买虫草。我到药店问了一下价，贵得令人咂舌，每市斤价达2000多元。那时我们每月工资才60元，等于用我们三年多的全部收入才能买到一斤。

随着岁月的叠增，虫草价格一路飙升，以朋友刚刚买到的价格来推算，现今每500克价已达9.4万元了。

那么，虫草真的有这么高的价值吗？

我们先来看看虫草到底是什么样的"神物"吧。

有一种昆虫叫作"虫草蝙蝠蛾"，它在土地中产卵，孵化为幼虫之后，被一种名叫"冬虫夏草"的菌种侵入体内，汲取幼虫体内的营养，并在幼虫体内不断繁殖，致使幼虫体内充满菌丝。在来年的5—7月（夏季），从幼虫头部长出黄色或浅褐色的菌座，生长后冒出地面，呈草梗状，这就是冬虫夏草。

据记载，冬虫夏草主产区在青海、云南、四川、甘肃、西藏等地的高海拔地区，那些地方虽时值夏季，依然十分寒冷，且空气稀薄，上山采挖虫草十分艰辛，加上从20世纪80年代初开始，每年都有大批"挖草大军"蜂拥上山挖掘，现在已十分稀少。据说，一个人从早到晚辛辛苦苦不停地挖掘，如能挖到20来条，就非常不错了。

由于价格昂贵，因此有的无良商家变着花样制假售假。我在云南工作时，已听说有如下一些制假手段：

1. 在真虫草腔里钻洞，塞进铅丝，以增加重量。

2. 用木薯粉做原料，用模子压制成型，然后着色。

3. 虫是真的，即虫草蝙蝠蛾的幼虫未变蛾子之时的僵虫体，在虫嘴钻一个洞，将用塑料铸成的"草"粘上去。

4. 真的虫草，经提取有效成分之后的"无药效虫草"。

虫草之所以越抢越贵，到了几乎可以"价比黄金"的地步，原因在于它的稀少，以及它的药效功能被"神化"。有说它能轻身延年的，有说它可以美容的，有说它可以增强抵抗力、抗癌……总之，举凡能想得到的好处都往它身上堆。

而实际上它在药理学上有些什么功效呢？

据《辞海》（生物分册）上介绍，虫草"性温，味甘，功能补肺益肾，主治虚劳咳嗽痰血，腰痛，遗精等症"。

既然是这样，你倘若没这些病，吃虫草又有何益？更有医生提醒，虫草是热性食物，热性体质的人忌服。

最近我在媒体上看到这样一段话，十分发人深省：

> 据传冬虫夏草有延年益寿之功效，而核桃能健脑益智、抗衰老、防便秘、降血压。据了解，虫草产地的居民，常将断掉或卖相较差的虫草留作自己食用；而核桃产地的人更是将核桃作为日常零食。但根据科研工作者对以上产区所作的大样本调查，得出的结论是：虫草产地的人，寿命并不比一般地区的人长；核桃产区人们的智商，也并不比其他地区的人高。